피난처

피난처

이디스 워튼 | 김욱동 옮김

문예출판사

Sanctuary

Edith Wharton

차례

1부 • 7
2부 • 67

작품 해설 • 173
이디스 워튼 연보 • 209

- 본문의 주는 모두 옮긴이 주다.
- 원서에서 이탤릭으로 강조한 부분은 굵은 글씨로 표기했다.
- 본문의 삽화는 《피난처》가 잡지에 처음 발표된 1903년에 저명한 삽화가 월터 애플턴 클락이 그린 것이다.

1부

그녀는 테라스에서 그를 기다릴 생각이었다.

1

젊은 사람이 더할 나위 없는 행복감을 느낀다는 것은 그리 흔한 일이 아니다. 감각은 너무나 선택과 배제의 결과라서 삶을 각성하며 손에 넣기란 그렇게 쉽지 않은 법이다. 하지만 케이트 옴은 한때 행복감에 흠뻑 빠져 있던 적이 있었다. 그래서 봄비가 생명이 움트는 들판에 스며들듯 행복감이 그녀의 온몸에 스며들었다. 이런 갑작스러운 지고의 행복감을 설명해줄 만한 것은 아무것도 없었다. 바로 그 때문에 그토록 억누를 수 없고 또 그토록 가슴 벅차게 아니었던가? 데니스 페이턴과 약혼한 이후 지난 두 달 동안 뚜렷하게 그녀의 행복에 보탬이 될 만한 일이라곤 아무것도 없었다. 또 그녀도 단언할 테지만 이미 헤아릴 수 없을 만큼 큰 행복감을 눈에 띄게 더 느끼게 해줄 가능성도 없었다. 내적으로 보나 외적으로 보나 그녀의 삶의 조건은 크게 달라진 것이 없었다. 하지만 이전에는 가볍게 날아다니는 날개들이 공기를 가득 채우고 있던 반면 지금은 그 날개들이 그녀 위에 멈춰 있는 것 같았고, 그녀는 자신이 그 날개들의 은신처라고 믿을 수 있었다.

케이트가 생각에 잠기는 평온함의 중심에 놓이기까지는 많은 일이 있었다. 그녀의 성품이 미세한 진동에 응답했고, 그래서 처음에는 누군가를 사랑하는 데서 오는 기쁨이 너무 큰 나머지 어느 정도 혼란을 겪으며 삶의 전체 무대를 다시 조정해야 했다. 케이트는 미지의 땅에 있었는데 그곳으로 그녀를 인도해준 장본인은 그녀의 안내자가 되기에는 가장 역부족이었다. 순간순간 길거리에서 처음 만나는 낯선 사람이 오히려 데니스보다 그녀의 행복감을 더 쉽게 설명해줄 수 있으리라. 그리고 나서야 그녀는 눈이 적응하고 선(線)들이 서로서로 하나로 겹치면서 새 지평선 위에 멀리 경치를 열어주듯, 그녀 소유의 왕국으로 들어가 그 왕국이 실제로 자기에게 속해 있다고 깨닫기 시작했다. 하지만 전에는 그 왕국이 자기에게 속해 있다고 느껴본 적이 한 번도 없었다. 그래서 이런 감정이 이제 오히려 그녀의 행복을 완성해주고 그 행복에 거룩한 영원성의 느낌마저 가져다줬다.

케이트는 손에 리스트를 들고 결혼 초대장을 살펴보던 책상에서 일어나 거실의 창가로 걸어갔다. 그녀 주위에 있는 모든 것이 감각마다 부담을 주는, 보기 드문 감정의 조화에 기여하는 것 같았다. 크고 시원한 실내, 넓은 공간에서 생활하는 기분 좋은 전통적 분위기, 들판과 목초지 너머로 9월의 은빛 꽃들이 만발한 곳 아래 호수가 보이는 전망, 책상 위 유리병에 담긴 늦게 핀 제비꽃의 향기, 테라스를 따라 화분에 심어놓은 옅은 자줏빛 수국 다발, 고요한 공기 중에 이따금 떨어지는 나뭇잎 하나. 이 모든 것이 어딘지 모르게 충만한 행복감과 뒤섞여 있었지만, 그 행복감은 그만큼 조류에 떠도는 불순물처럼 보이기도 했다.

호수 위쪽 낮은 언덕에서 다가오는 한 사람의 모습을 보자 젊은 여자의 미소는 멈출 줄을 몰랐다. 그 길은 페이턴 저택에서 오는 지름길이었고, 그녀는 데니스가 그 시간쯤 그곳에 나타나리라는 걸 알고 있었다. 하지만 그녀의 미소가 멈추지 않은 것은 그가 다가오기 때문이라기보다는 그에게 자기의 기분을 전달할 수 없다는 느낌 때문이었다. 그렇다고 그런 감정 때문에 마음이 흔들리지는 않았다. 그녀는 자기의 가장 심원한 기분을 누구와도 공유할 수 있다고 상상할 수 없었고, 데니스는 너무 밝은 데다 생각이 넓어 어떤 절제력도 허용할 수 없었다. 케이트의 미소는 사실 현실적이고 솔직한 그의 성격에 대한 찬사로, 그녀에게는 자신의 복잡한 성격에서 벗어나는 도피처 구실을 할 때가 꽤 자주 있었다.

데니스 페이턴은 누군가가 미소로 맞아주는 것에 익숙했다. 그가 미소를 인간이 습관적으로 짓는 표정이라고 생각한다 해도 용서받을지 모른다. 삶과 자신에 대한 그의 평가는 늘 그들의 다정한 관계 때문에 불가피하게 색조를 띠었다. 실제로 그는 처음부터 삶이 드물게 유쾌한 일이라는 것을 알았고, 그 삶은 마침내 그가 일찍이 결혼하고 싶어 한 유일한 여자와 약혼한 데다 불행한 의붓형제에게서 재산을 상속받아 그의 지평을 기분 좋게 넓혀주기에 이르렀다. 그런 일련의 상황이 결합한다면 한 젊은이가 자신이 이 우주에서 중요한 인물이라고 생각하는 것도 그다지 무리는 아닐 것이다. 그리고 가련한 아서를 위해 데니스가 여전히 입고 있는 상복이 다소 불그스레하고 잘생긴 얼굴에 새로운 기품을 준 것은 마지막 멋진 마무리인 듯했다.

케이트 옴이 장래 남편의 견해를 즐거운 마음으로 깨닫지 못하는 것은 아니었다. 하지만 그녀는 우리의 모든 판단에 무의식적 요소를 계산에 넣을 만큼 관대하게 그의 견해를 받아들일 수 있었다. 예를 들어 데니스의 어머니, 즉 페이턴 씨의 두 번째 아내보다 더 감상에 치우쳐 너그러운 사람도 없었다. 향수 냄새를 풍기는 은백색의 이 여자는 마음을 표현할 때면 라벤더색 실크 옷과 중립적인 태도로 유쾌하지 않은 삶이 보이지 않도록 차일로 가렸다. 하지만 페이턴 부인은 의붓아들이 한 번도 결혼하지 않았다는 사실, 적절한 순간에 그가 죽은 탓에 데니스가 우아하게 풍요를 누리게 된 사실에 분명히 '신의 섭리'가 작용했음을 알았다. 결국 신들의 선물을 이런 종교심으로 받아들인다는 것은 정신이 건강하다는 증거가 아니겠는가? 한때 아서를 도저히 고칠 수 없다는 애석한 사실에서 '신의 의도'의 새로운 증거를 찾아냈다면 말이다. 아서를 위해 '최선'을 다했다고 멋지게 의식하는 페이턴 부인은, 신의 섭리에 따라 노력했어도 실패한 것을 두고 불평한다면 기독교인답지 못하다고 생각했을 것이다. 말하자면 데니스의 공제액이 데니스 어머니의 공제액보다는 물론 조금은 덜 직접적이었다. 더구나 데니스는 아서를 좋아한 데다 그 가련한 녀석을 올바른 길로 인도하려 하면서도 가르치듯 하지 않고 좀 더 자발적으로 하도록 했다. 그 결과는 아서의 성격 변화에서는 드러나지 않았을지 몰라도 적어도 아서 유언장의 수정한 문구에서는 드러났다. 그리고 착한 녀석이 되면 아주 실질적으로 보답받는다는 사실을 알게 되면서 데니스의 도덕의식은 다행스럽게도 더욱 굳어졌다.

페이턴 부인이 믿는 일반적인 신의 섭리는 사실상 죽음에 대한 데니스의 애도를 그저 존경의 표시로 축소한 사건에서도 확인할 수 있었다. 그것은 가련한 아서 같은 그런 달갑지 않은 흔적을 뒤에 남겨놓는 그 누군가의 죽음을 애도한다는 것이 아마 조롱거리처럼 보일지도 모르기 때문이었다. 케이트는 무슨 일이 일어났는지 잘 알지 못했다. 페이턴 부인처럼 그녀의 아버지도 젊은 아가씨들이 인생을 터놓고 토론하도록 허용해서는 안 된다고 확신했다. 그래서 주위 사람들이 침묵을 지키고 얼버무리는 데서 어렴풋이 사태를 짐작할 뿐이었다. 즉 한 여자가 갑자기 나타났는데 그녀는 물론 '끔찍한' 여자였고, 그녀의 끔찍한 행동에는 아서에 대한 어렴

풋한 권리 같은 것이 포함되어 있었다. 하지만 그 권리가 무엇이든 그 권리는 곧바로 취소됐다. 모든 문제가 사라졌으며 그와 더불어 그 여자도 사라졌다. 다시 한번 삶의 추악한 면이 차일에 가리어졌고, 그런 추악한 면이 존재하지도 않았다는 가정 아래 삶은 다시 전처럼 계속됐다. 케이트는 검은 구름이 그녀의 하늘을 가로질러 갔고 예전처럼 다시 맑게 갰다는 것을 알고 있을 뿐이었다.

케이트의 하늘에 그토록 새롭게 청명함이 찾아온 것은 어쩌면 바로 그 구름(비록 멀리 떨어져 있어 위협적이지는 않았지만)이 걷혔기 때문일까? 그녀는 이렇게 스스로에게 물었다. 가장 심오한 안정감이 단순히 도피에서 오는 감정이라고, 또한 행복이란 고통에서 벗어나는 것에 지나지 않는다고 생각한다는 것은 그야말로 끔찍했다. 그런데 그런 뒤틀린 생각은 데니스 페이턴이 다가오자 더욱 두드러졌다. 그에게는 사태를 정상적 상태로 되돌려놓는 천부적 재능, 무관심한 쾌활함이라는 닫힌 터널을 통해 삶의 수렁을 건너게 해주는 천부적 재능이 있었다. 그와 함께 있으면 불안하고 의심이 드는 케이트의 모든 일이 가라앉았으며, 그녀는 만족스럽게 자기 사랑을 은총의 선물로 받아들였다. 은총이란 이성의 임무가 끝나는 바로 그 지점에서 시작하는 것이 아닌가. 오늘따라 그녀는 전보다도 더욱 우아하게 자신을 내려놓고 싶은 기분이 들었다. 데니스 또한 전보다도 더욱더 그녀 자신과 삶 사이에 있는 조화의 근본처럼 보였고, 모든 주위 환경과 즐겁게 공모하는 중심처럼 보였다.

그를 바라볼 때마다 그의 인생 항로에는 늘 순풍이 불고 있다는 생각을 떨쳐버릴 수 없었다.

　데니스는 보통 때처럼 자신감 있는 빠른 발걸음으로 그녀를 향해 걸어오고 있었지만, 그녀가 보기에 너도밤나무 숲에서 빠져나와 잔디밭을 가로질러 올 때는 발걸음이 조금 느려지는 것 같았다. 그는 마치 피곤한 듯이 걸었다. 평소 기쁨의 문지방에서 머뭇거리는 경향이 있는 그녀는 테라스에서 그를 기다릴 생각이었다. 하지만 지금은 무엇인가가 그녀를 그를 향해 다가가게 했고, 그래서 그녀는 재빨리 계단 아래로 내려가 잔디밭을 가로질러 갔다.

　"데니스, 피곤해 보여요. 혹시 무슨 일 있어요?"

　그녀는 한 손으로 그의 팔에 팔짱을 꼈고, 함께 앞으로 걸으면서 그를 슬쩍 쳐다봤다. 그의 얼굴에 전에 보지 못한 표정이 감돌았기 때문이라기보다는 그녀가 다가가도 표정이 달라지지 않아 깜짝 놀라서였다.

　"좀 피곤하군. 아버지는 안에 계셔?"

　"우리 아버지요?"

　그녀가 놀라서 고개를 쳐들었다.

　"어제 시내에 가셨잖아요. 잊어버렸어요?"

　"물론, 깜박했지. 그럼 집에 혼자 있는 거야?"

　그녀는 그의 팔을 놓고 데니스 앞에 섰다. 극도의 신체적 피로로 주름살 잡힌 그의 얼굴은 몹시 창백했다.

"데니스, 어디 아파요? 무슨 일이 **있었던** 거예요?"

그는 억지로 웃었다.

"그래, 일이 있었지. 하지만 그렇게 겁을 집어먹은 표정을 지을 필요는 없어."

케이트는 길게 안도의 한숨을 내쉬었다. 결국 **그는** 안전하구나! 그밖에 모든 일은 한순간 그녀 세계의 가장자리 아래로 가라앉는 것 같았다.

"어머니는 어떠셔요?"

그녀는 새삼 두려움이 떠올라 물었다.

"내 친어머니는 아니잖아."

두 사람은 테라스에 이르렀고, 그는 집을 향해 걸음을 옮겼다.

"집 안으로 들어가지. 이곳은 햇빛이 지독해서 눈이 부셔."

그는 시원하고 어두컴컴한 거실에서 안도감을 느끼는 것 같았다. 오후의 밝은 햇살에서 거실로 들어온 탓에 두 사람은 서로의 얼굴을 거의 알아볼 수 없었다. 그녀는 자리에 앉았고 그는 몇 발짝 떨어져 걸음을 옮겼다. 책상 앞에서 그는 잠시 걸음을 멈추더니 가지런히 분류해 쌓아놓은 결혼 청첩장을 쳐다봤다.

"내일 보내려고?"

"네."

그는 뒤돌아서더니 그녀 앞에 섰다.

"여자에 관한 일이야. 아서의 아내 행세하던 여자 말이지."

그가 불쑥 입을 열었다. 케이트는 그동안 무시해온 공포가 갑자기 엄습해 오는 듯 움찔했다.

"그럼 그 여자가 아서의 **아내였어요**?"

페이턴은 조바심 난 듯 그렇지 않다는 동작을 했다.

"아서의 아내가 맞는다면 왜 그걸 증명하지 않았겠어? 그 여자에겐 증거가 눈곱만큼도 없었던 거야. 그래서 법원은 그녀의 항소를 기각했지."

"그래서 어떻게 됐어요?"

"글쎄, 그 여자는 죽었어."

그는 말을 멈췄고, 힘들게 다음 말을 이어 나갔다.

"그 여자도 어린아이도 말이야."

"어린아이도요? 그 여자한테 아이가 있었어요?"

"그래."

케이트는 자리에서 벌떡 일어났다가 다시 앉았다. 이런 일은 젊은 아가씨가 들어서는 안 되는 것이었다. 혼란스럽던 공포감은 이렇게 처음 밝혀진 통렬한 사실과 비교하면 아무것도 아니었다.

"둘 다 죽었다고요?"

"그렇다니까."

"그걸 어떻게 알아요? 우리 아버지 말로는 그 여자가 어디론가 떠나갔다고 하던데. 서부로 돌아갔다고요."

"우리도 그렇게 생각했지. 하지만 오늘 아침 그 여자를 발견했어."

피난처 17

"그 여자를 발견했다니요?"

그는 창가로 다가갔다.

"저기 저 호수에서 말이야."

"두 사람 모두요?"

"응, 두 사람 모두."

그녀는 시야를 가리려는 듯 두 눈을 감춘 채 몸을 떨면서 데니스 앞에서 고개를 떨어뜨렸다.

"그 여자가 물에 빠져 자살했나요?"

"그래 맞아."

"아, 가엾어라. 가엾어라!"

두 사람은 잠시 말을 멈췄다. 침묵을 지키는 몇 분 동안 그들 사이에 심연이 생기자 마침내 그가 침묵을 깨뜨리고 두서없이 몇 마디 말을 뱉었다.

"정원사 한 명이 그들을 발견했어."

"가엾어라!"

"참으로 끔찍한 일이고말고."

"끔찍해요, 아!"

그녀는 몸을 돌려 다시 제자리로 돌아왔다.

"가련한 데니스! **당신은** 그곳에 없었죠? **당신은** 그곳에 있을 필요가……."

"그 여자를 봐야만 했어."

그의 목소리를 듣자 그녀는 곧바로 안심했다. 데니스는 이제 말을 할 수 있는 데다 그녀의 따뜻한 동정심 덕분에 신경을 진정시킬 수 있었다.

"그 여자인지 확인해야 했거든."

그는 초조한 듯 일어나 방안을 서성거리기 시작했다.

"숨이 막힐 것 같았어, 나는, 맙소사, 어떻게 그런 일이! 전혀 예측할 수 없는 일이었잖아?"

두 팔을 벌려 항변하듯 그는 그녀 앞에서 걸음을 멈췄다.

"내가 할 수 있는 일은 다 했어. **내** 잘못은 아닌 거지?"

"당신 잘못이라니요, 데니스!"

"그 여자는 돈을 받지 않으려 했어."

그녀가 새삼 호기심을 갖고 흘긋 쳐다보자 그는 갑자기 말을 멈췄다.

"돈이라고요? 무슨 돈이요?"

그의 얼굴은 누그러졌지만 그녀의 얼굴은 오히려 굳어졌다.

"그 재판을 포기하도록 그 여자에게 **돈을** 줬어요?"

그는 잠시 그녀를 빤히 쳐다보다가 웃으면서 그런 암시를 무시해버렸다.

"아냐. 정말 아냐. 그 여자에게 불리하게 판결이 난 뒤였어. 그 여자가 돈에 쪼들리는 것 같아서 힌턴에게 수표를 들려 그녀에게 보냈지."

"그런데 받지 않으려 했군요!"

"그래."

"그 여자가 뭐라고 했어요?"

"아, 모르겠어. 뭐 뻔한 얘기겠지. 오직 자신이 아서의 아내였다는 사실을 증명하고 싶었을 뿐이라고. 아이를 위해서 말이지. 그의 돈은 추호도 원한 적이 없다고. 힌턴의 말에 따르면, 그 여자는 아주 침착했다는 거야. 조금도 흥분하는 기색이 없이. 그러면서 수표를 돌려줬다고 해."

케이트는 고개를 떨어뜨리고 두 팔로 무릎을 감은 채 꼼짝도 하지 않았다. 이제 더는 페이턴을 쳐다볼 수 없었다. 그녀가 천천히 물었다.

"혹시 어떤 실수가 있지 않았을까요?"

"실수라니!"

그녀는 이제 고개를 쳐들고 이상하리만큼 집요하게 그의 눈을 응시했다.

"혹시 두 사람이 결혼했을지도 모르잖아요?"

"판사들은 그렇게 생각하지 않았어."

"혹시 판사들이 잘못 생각한 것은 아니었을까요?"

페이턴은 갑자기 벌떡 일어서더니 다른 의자에 가서 철썩 앉았다.

"맙소사, 케이트! 우리는 그 여자에게 모든 기회를 줘서 사건을 증명할 수 있도록 해줬어. 그 여자가 왜 그렇게 하지 않았겠어? 당신은 지금 무슨 말을 하고 있는지 잘 몰라. 그런 일은 젊은 아가씨에게 들려줘선 안 되는데 말이지. 뭐, 아서 같은 인간이 사망할 때면 으레 그런 여자가 나타나는 법이지. 그런 일로 먹고사는 변호사들도 있고. 케이트, 아버지한테 한번 그 문제를 여쭤봐. 물론 이 여자도 돈으로 문제를 해결하길 기대했지."

"하지만 당신 돈을 받으려 하지 않았다면서요?"

"소송을 취하할 목적이라면 아주 거액의 돈을 기대했을 테지. 우리 쪽에서 소송으로 문제를 해결하려 한다는 걸 알아차리자 그 여자는 자기 계획이 실패로 돌아갔다고 생각했어. 그 일이 아마 그 여자의 마지막 시도였던 것 같아. 그래서 절박했지. 그 여자가 전에도 이와 똑같은 사건을 얼마나 여러 번 치렀는지 우리는 몰라. 그런 부류의 여자는 어떤 남자라도 그의 상속인들에게서 늘 돈을 받아내려고 하니까. 주변에 함께한 어떤 남자에게서라도."

케이트는 잠자코 이 말을 받아들였다. 그녀는 감히 쳐다볼 엄두가 나지 않는 완벽한 환각의 심연 위에 놓인 의식의 좁은 암붕(岩棚)을 따라 걷고 있는 듯한 느낌이었다. 하지만 그 심연이 그녀의 주목을 끌었고, 그녀는 겁에 질린 눈으로 심연 안을 들여다봤다.

"하지만 어린아이는, 그 아이는 아서의 아이잖아요?"

그러자 페이턴은 어깨를 들썩거렸다.

"그렇더라도, 우리가 그걸 어떻게 알아? 아, 난 그 여자 자체를 생각할 수조차 없어. 당신 아버지가 이곳에 있어 설명해줄 수 있으면 얼마나 좋을까!"

케이트는 일어나 그에게 성큼 다가가 거의 어머니 같은 몸짓으로 그의 어깨 위에 두 손을 올려놓았다.

"이제 우리 그 얘기는 하지 말아요. 당신은 할 수 있는 일을 모두 했어요. 당신이 가련한 아서에게 얼마나 위안이 됐는지 생각해요."

페이턴은 아무런 반응이나 저항도 하지 않은 채 그녀가 두 손을 자기 어깨 위에 그대로 두게 했다.

"나는 노력했어. 그 녀석을 올바른 길로 가게 하려고 무척 노력했다고!"

"우리는 모두 그 사실을 잘 알고 있어요. 모르는 사람이 없죠. 그리고 그 사람이 얼마나 고마워했는지도 잘 알고 있어요. 결국 그 때문에 그가 많이 달라졌죠. 그곳에서 그가 홀로 죽는다고 생각하면 끔찍했을 거예요."

그녀는 데니스를 끌어 소파에 앉힌 뒤 자신도 그 옆에 앉았다. 극도의 나른함이 그를 엄습했고, 그녀가 잡은 그의 손은 힘이 없었다.

"당신이 그렇게 밤낮으로 여행을 했다니 참 대단해요. 그러고 나서 그가 죽기 전 한 주는 참으로 끔찍했죠! 만약 당신이 없었더라면 그 사람은 낯선 사람들 가운데 홀로 외롭게 죽어갔을 거예요."

페이턴은 고개를 떨어뜨리고 앞쪽을 응시한 채 아무 말 없이 잠자코 있었다.

"낯선 사람들 가운데."

그가 멍한 상태로 되풀이했다. 케이트는 어떤 생각이 갑자기 떠오른 듯 눈을 들어 쳐다봤다.

"그 가련한 여자, 당신이 그곳에 가 있는 동안 그 여자를 봤나요?"

그는 손을 빼더니 마치 기억하려는 듯 이마를 찡그렸다.

"봤어. 아, 그래, 그 여자를 봤어."

그는 헝클어진 머리를 이마에서 끌어올린 뒤 일어섰다.

"밖으로 나갑시다. 머리가 혼란스럽군. 이런 모든 일에서 벗어나고 싶어."

양심의 가책이 파도처럼 밀려오자 그녀는 자리에서 일어났다.

"제 실수예요! 그렇게 많이 물어보지 말아야 했는데."

그녀는 뒤돌아서 벨을 눌렀다.

"조랑말들을 준비해줘요. 해가 질 때까지 달릴 시간이 있을 거예요."

"만약 당신이 없었더라면 그 사람은 낯선 사람들 가운데
홀로 외롭게 죽어갔을 거예요."

2

 얼굴에 석양을 받으며 두 사람은 케이트의 조랑말을 타고 가장 빠른 걸음으로 코를 찌르는 가을 공기를 가르며 달렸다. 그녀는 페이턴에게 고삐를 건네줬고, 그는 호수에서 말 머리를 돌려 수목이 우거진 오솔길을 따라 아직 햇살이 비치는 높은 목장을 향해 올라갔다. 그의 한눈팔지 않는 주의력에 따를 만큼 말들은 생기가 넘쳤다. 그는 잠자코 말을 몰았다. 그의 매끄럽고 살결이 흰 옆모습은 역시 침묵을 지키고 있는 케이트 쪽으로 향해 있었다.

 케이트 옴은 지금 재빠르게 정신적 유람을 하는 중이었다. 실제직 사실이라는 곧은길에서 빠져나와 지도에도 없는 추측이라는 지역으로 영원히 신속하게 지나가고 있었다. 인생에 대한 그녀의 답사는 늘 궁극적 관계를 추구하는 경향, 그녀의 연구를 상상할 수 있는 경험의 한계까지 밀고 나가는 경향이 있었다. 하지만 지금까지 그녀는 창문도 없는 궁전에 갇힌 어떤 젊은 포로와 같아서 화려하게 색칠한 벽을 실제 세계라고 여겼다. 이제 그 궁전은 주춧돌까지 흔들렸고, 그녀는 벽에 뚫린 틈바구니를 통해 인생을 바라봤다. 처음 순간에는 모든 것이 캄캄해서 전혀 구별할 수 없었다. 그러고 나서는 깊숙한 곳에 있는 막연한 형체들과 혼란스러운 몸짓을 알아차리기 시작했다. 그 밑에는 데니스 같은 사내들, 그녀 자신과 같은 젊은 여자들이 있었는데 그들은 다르게 보이면서도 이상하게 닮아 보였다. 그들은 하나같이 고통 속에서 구해달라고 두 손을 번쩍 쳐든 채 도덕적 암흑의 소용돌이 속에서 몸부림치고 있었다. 그런 모습을 보자 공포감에 그녀의 심장이 오그라들었고, 그러고 난 뒤 갑자기 동정심이 일어나 그녀는 다시 심연의 가장자리에서 물러섰다. 갑자기 그녀는 데니스를 쳐다봤다. 그의 얼굴은 수심을 띠고 있었지만 아까만큼 혼란스러워 보이지는 않았다. 남자들은 이런 일들에 대해 잘 알고 있지 않은가! 두 사람은 이 심연을 가슴 속에 안고 미소를 지으며 돌아다니고 순수성에 몸을 내맡겼다. 데니스가, 설마 데니스가, 아, 절대 그럴 리 없어! 그녀는 가련한 아서에게 그가 어떤 인간이었는지 기억하고 있었다. 이제 그녀는 자기 동생을 위해 그가 무슨 일을 하려 했는지에 대한 막연한 여러 암시를 이해할 수 있었다. 그는 저 암흑의 소용돌이에 놓여 있는 아서를 봤고, 허리를 굽혀 그를 그곳에서 끌어내리고 애썼다.

하지만 아서는 너무나 깊은 곳에 있었을 뿐 아니라 그의 팔은 다른 사람들의 팔과 맞물려 있었다. 그들은 마치 파도 속에서 서로 다투는 사람들처럼 가련한 영혼들인 상대방을 더 깊은 곳으로 잡아당기고 있지 않았던가! 케이트는 습관처럼 머릿속으로 그녀가 환기하는 이미지를 정확하고도 집요하게 그려볼 수 있었다. 그녀는 암흑 속에서 고뇌에 차 몸부림치는 형체들의 모습에서 벗어날 수 없었다. 그에 대한 공포감이 그녀의 목덜미를 움켜잡았다. 그녀가 질식할 것 같은 숨을 들이쉬자 얼굴에 눈물이 흐르는 것이 느껴졌다.

페이턴이 그녀를 향해 고개를 돌렸다. 말들은 언덕을 올라가고 있었지만 그는 말에게 주의를 기울이지 않았다.

"이렇게 말을 타고 달리니 기분이 좋아지는군."

그가 입을 열었다. 하지만 그녀를 바라보자 그의 목소리가 달라졌다.

"케이트! 왜 그래? 왜 울고 있는 거야? 아, 제발, **그러지 마**."

그는 이 말을 마치며 두 손으로 그녀의 손목을 꼭 쥐었다. 그녀는 몸을 곤추세우고 눈을 들어 그의 눈을 바라봤다.

"어, 어쩔 수 없었어요."

그녀는 억눌린 동정심이 갑자기 왈칵 솟아오르자 몸부림치며 말을 더듬거렸다.

"우리가 이런 무서운 일에 그토록 가까이 있었다는 게 너무나 끔찍한 것 같아요. 또 어쩌면 당신이……."

"나라니? 도대체 누구를 두고 하는 말이야?"

귀에 거슬리게 그가 그녀의 말에 끼어들었다.

"아, 모르겠어요? 난 당신과 내가 그 일로부터 우리 자신에게, 또 서로에게 안전하게 멀리, 또 그 일과 상관없이 떨어져 있어서 몹시 기뻤어요. 그러고 나서 이기심이랄까, 다른 편 길로 간다고 할까, 다른 느낌이 드는 거예요. 어쩌면 당신과 내가…… 한밤중에 그곳에 내려가 있는데 홍수가……."

페이턴은 채찍으로 조랑말의 옆구리를 때렸다.

"맹세코 말하건대, 당신은 우리 두 사람을 꽤 멋있게 생각하는군."

그가 웃으며 말했다. 그의 말은 그녀의 활활 타오르는 자기희생의 불길에 찬물을 끼얹었다. 그녀는 데니스가 그런 가상의 화장용 장작더미 위에 올라갈 수 없다는 걸 기억할 수는 없는 것일까? 그는 그녀 자신과 마찬가지로 의무의 직접적 요구는 알아차릴지 모르지만 그 요구의 상상적 요구는 확고하게 깨닫지 못했다. 그렇게 생각하자 오히려 그 반발로 감사하다는 마음이 들었다.

"아, 글쎄요."

그녀가 말했다. 눈물 때문에 석양이 크게 부풀어 보였다.

"내가 그런 일들을 감히 생각할 수 있는 건, 오직 그런 일들이 도저히 일어날 수 없는 일이기 때문이라는 걸 모르세요? 만약 몸을 기댈 방어벽이 있다면 심연을 들여다보는 건 쉬워요. 가련한 아서에 대해 무엇보다 애석하게 생각하는 건, 끔찍하게 죽어서 저곳에 누워 있는 그 여자 대신에 나 같은 여자가 앉아 있기 때문에 이처럼 우아하게 살아 있을지도 모른다는 사실이에요. 하지만 그 사람의 과거 됨됨이가 당신의 현재 가치에 조금도 도움이 되지 **않는다는** 건 비참해 보이지 않나요? 또한 당신과 그 사람 사이에 존재하는 차이점이 내 행복에 조금도 도움이 되지 않는다는 건 비참해 보이지 않나요?"

이렇게 말하면서 케이트는 자신이 또다시 데니스의 손길에서 벗어나 그녀의 탐색적 감수성에서조차 낯선 복잡한 감각에서 길을 헤매고 있다는 걸 깨달았다. 다행스럽게도 융통성이 없는 그는 지름길로 그런 미로를 통과해 다른 쪽 길에서 미소를 짓고 있는 그녀에게 다시 다가갈 수 있었다. 하지만 지금 그는 그녀가 추측이라는 수렁에 빠져 있었다는 사실을 깨닫고 놀랐다.

"그렇다면 당신이 나를 좋아하는 건 바로 그 차이 때문이로군?"

마치 그녀의 손목을 다시 꼭 붙잡는 것 같은 일종의 완력으로 그가 불쑥 입을 열었다.

"그 차이라뇨?"

그는 채찍으로 조랑말들을 다시 후려쳤다. 너무 세게 후려치는 바람에 그녀의 입에서 나지막하게 불만의 소리가 새어 나왔다. 그는 몸을 떨며 조랑말들을 멈춰 세웠다. 그가 상황에 맞지 않게 "침착해, 애들아" 하고 말하자 조랑말들은 뒤로 뻗친 귀로 항의했다.

"당신이 나를 좋아한 건 내가 도덕과 체면, 그 모든 걸 지키기 때문이야. 당신은, 당신은 말이지, 그저 내 덕성과 사랑에 빠진 거야. 만약 내가 당신 말대로 아서와 함께 저 아래 수렁에 빠져 있다면 당신은 사랑 같은 건 상상하지도 않았을 테지?"

그 질문을 받자 그녀는 아무 말이 없었고, 침묵은 그녀의 마음속에서 갑자기 더욱 깊어지는 듯했다. 모든 생각이 무슨 일이 다가오고 있다는 느낌에 숨을 죽이며 집중되어 있었다. 즉 그녀의 모든 의식은 그 생각들을 받아들이는 진공 상태가 됐다.

"데니스!"

그녀가 큰 소리로 외쳤다. 그는 잔인하다 할 만큼 그녀를 향해 얼굴을 돌렸다.

"당신도 알다시피, 내겐 당신의 동정이 필요 없어."

그가 갑자기 소리를 질렀다.

"그런 동정은 아서를 위해서나 간직하시지. 여자들이란 자기 자신을 위해 남자를 사랑한다는 생각이 들거든. 무슨 일이 있어도 말이지. 하지만 나는 당신의 사랑을 도둑질하지는 않을 거야. 난 거짓 구실로 사랑을 원하지는 않아. 그건 당신도 잘 알고 있을 테지. 그러니 마음껏 다른 남자들의 삶을 들여다보라고. 그게 내가 당신에게 바라는 거야. 나는 그 일에 발을 들여놓았어. 그건 다만 말해야 할 때 침묵을 지킨 문제였을 뿐이야. 하지만 내가, 내가, 제발 거기 앉아서 그런 눈빛으로 나를 쳐다보지 마! 아서가 그 여자와 결혼했다는 사실을 내가 알고 있었다는 걸 당신은 줄곧 알고 있었던 것 같아."

3

　가정부가 케이트에게 옴 씨가 이튿날 저녁 식사에 맞춰 집에 돌아올 것이라고 상기시켜주면서 그가 저녁 식사 때 클라레* 소스나 젤리를 곁들인 사슴 고기를 좋아할 것 같으냐고 묻자, 그녀는 처음으로 주변 일들을 의식했다. 그녀의 아버지는 이튿날 돌아올 것이다. 옴 씨는 안락이나 편리에 영향을 끼치는 모든 세부 사항이 분명히 가치가 있다고 생각하는 만큼 사슴 고기의 드레싱에도 무척 세심하게 신경을 쓸 것이다. 만약 사슴 고기가 아니라면 다른 드레싱을 사용할 것이다. 만약 가정부가 요리하지 않는다면 옴 씨가 대신 그 역할을 할 것이다. 에이전트와의 회의, 클럽**의 위원회 모임

---

*　짙은 자홍색의 프랑스 보르도산 적포도주.

또는 그 자신에게 일어난 탓에 사건이 되다시피 한 다른 사소한 일들의 결과에 따른 부담을 안고 있는 그였다. 케이트는 가차 없이 연속되는 삶에 포로처럼 잡혀 있었고, 자연의 침착한 응시가 회오리바람의 아침을 밝히듯 습관의 정확한 반복으로 환하게 불을 밝힌 폐허 장면을 응시하고 있었다.

그래서 삶은 지속되었고, 그녀는 삶의 수레바퀴 뒤에 질질 끌려가고 있었다. 그녀는 삶의 돌진을 막을 수도 없었고, 그 돌진에서 풀려나 어둠과 중단 속으로 이탈할 수도 없었다. 아, 그렇게만 된다면 얼마나 다행스러울까! 그녀는 고문당하고 산산이 조각나면서도 온몸으로 살아서 계속 앞으로 약진해야 했다. 그녀가 최대로 바랄 수 있는 것은 몇 시간 동안 그녀 자신의 공포에서 일시적으로 유예되는 것이 아니라 여러 외부 요구의 압력에서 일시적으로 유예되는 것이었다. 말하자면 고문자들이 잠시 쉬는 동안 희생자가 속박에서 풀려나는 정오의 휴식과 같은 것이었다. 아버지가 집에 돌아올 때까지 그녀는 집을 독차지할 것이다. 사슴 고기에 대한 문제를 신속하게 해결한 뒤 텅 빈 방들을 혼자서 오랫동안 서성거리고 몸을 떨며 베개 위에 누워 마음을 가라앉힐 수 있을 것이다.

두뇌에서 안개가 걷힌 후 나타난 케이트의 첫 번째 충동은 습관

** 회원제로 운영되는 조직으로 회원들은 각종 특권을 누렸다. 18세기 말엽과 19세기 초엽 특히 뉴욕시의 부유층을 중심으로 유행했다.

적으로 궁극적 관계에 손을 뻗쳐 붙잡으려는 것이었다. 그녀는 최악의 상황을 알고 싶었다. 순간적으로 그녀에게 떠오른 최악의 상황은 실제로 일어난 일에서 핵심적인 불운한 일이었다. 그녀는 그 문제를 그녀의 방식대로 언급하는 것을 피했다. 또한 데니스를 신뢰하는 이상, 직관이 암시하는 것 같은 어떤 의구심을 느꼈다는 것은 비유적으로도 맞지 않았다. 하지만 그것은 단순히 그녀의 상상력이 그를 한 번도 시험해보지 않았기 때문이었다. 그녀는 가상의 시련에 노출되는 걸 좋아했지만, 웬일인지 이런 모험에 그를 동행하지는 않았다. 지금 그녀가 알 수 있는 것은, 경이로움의 세계에서 그가 그녀에게 가장 경이롭지 않은 대상으로 남아 있다는 점이었다. 그녀는 사랑하는 사람의 가면이 갑자기 벗겨지는 모습을 바라보는 젊은 여성의 비극적 상황에 놓여 있지 않았다. 데니스의 얼굴에서는 이제껏 어떤 가면도 벗겨진 적이 없었고, 다만 램프에서 핑크빛 가리개가 벗겨졌을 뿐이다. 그래서 그녀는 처음으로 가리개로 가리지 않은 본래 빛에서 그의 모습을 본 것이었다.

그렇게 노출된 상태에서 데니스의 얼굴 모습이 달라지지는 않았지만 미소가 쓴웃음으로, 온정의 부드러운 곡선이 나태의 처진 형태로 바뀌면서 가장 매력적인 선들이 보기 흉하게 드러나 보였다. 또한 데니스의 우아한 윤곽선이 극도로 연약해 보이는 축 늘어진 선으로 흘러 들어갔다. 그의 자백에 이은 대화는 끔찍했고, 그 대화에서 한마디 한마디가 그의 도덕 과정에 한 줄기 빛을 던져줬다. 그녀가 깜짝 놀란 것은 그가 한 행동 때문이라기보다는 오히려 그의 양심이 이미 여러 결과를 다른 방향으로 돌리기 위한 수동적인 수송로가 됐다는 사실 때문이었다. 그는 마치 커튼에 성냥을 긋고 활활 타오르는 불에 입을 딱 벌리고 서 있는 어린아이와 같았다. 하지만 아이의 책임은 그 이상 확대되지 않았다. 아서와 관련한 사건에서 모든 일이 처음부터 잘못됐고, 또한 판단할 만한 정당한 권리가 없는 상황에서 데니스가 억지에 대한 변명을 자기방어로 찾아낼 수 있었을지도 모른다. 이 사건에서 첫발을 잘못 내디딘 이상 몸부림칠 때마다 조금씩 아래쪽으로 가라앉기는 쉬웠다. 그 여자, 아, 그 여자는 그런 남자들을 먹이로 삼는 부류였다. 저 먼 곳에서 최악의 상황에 놓여 있던 아서는 술이나 마약에 빠져들 듯 그녀와 동거 생활에 빠져들었다. 그는 그녀가 어떤 여자인지, 또 그녀가 어떤 출신을 가졌는지 잘 알고 있었다. 하지만 그는 병에 걸려 있었고, 그녀가 그를 간호해줬다. 물론 헌신적으로 말이다. 병간호는 그녀에게 기회였고, 그 사실을 그녀는 잘 알고 있었다. 열병에서 벗어나기 전에 그녀는 이미 그의 목에 올가미를 매어놓았다. 정신이 들어보니 아서는 이미 결혼한 상태였다. 흔히 있는 일이었다. 만약 사내가 병에서 회복한다면 돈으로 해결하여 이혼했다. 결혼, 매수, 이혼은 하나같이 이런 일의 일부였다. 그런 여자 중 몇 명은 여기서 막대한 수입을 얻었다. 그들은 일 년에 한 번씩 결혼하고 이혼했다. 아서가 건강을 되찾기만 했어도 좋았겠지만 그는 병이 다시 악화되어 사망했다. 그러니까 말하자면 운 없게 미망인이 된 여자가 있었고, 그녀의 팔에는 어린아이가 안겨 있었다(누구의 아이란 말인가?). 그리고 그녀를 위해 불한당처럼 사건을 부추기고 협박할 변호사가 있었다. 그녀의 요구는 매우 분명했다. 미망인의 상속 몫으로 망자 재산의 삼 분의 일을 요구했다. 하지만 만약 아서가 결코 그녀와 결혼할 의도가 없었더라면? 한 시골뜨기가 노름판에서 속아 돈을 빼앗기듯 만약 아서가 누가 보더라도 결혼의 함정에 빠진 게 분명하다면? 임종의 순간에 아서는 결혼을 인정했을 뿐 아니라 그 결혼이 어리석은 행동이었다는 것도 인정했다. 아서가 사망한 뒤 데니스가 주위에 이런저런 문의를 했을 때, 그는 증인들이 전에는 있었더라도 지금은 흩어져 찾을 수가 없다는 사실을 깨달았다. 그래서 모든 문제는 아서가 자기 형에게 한 진술에 의존할 수밖에 없었다. 그 진술을 은폐하고 나자 그 요구는 사라졌고, 그 요구와 함께 추문도, 굴욕감도, 페이턴 가문의 이름을 끝 모를 나락으로 끌고 가 평생 걸머져야 할 그 여자와 아이의 부담도 사라졌다. 데니스는 맹세코 돈보다는 오히려 그런 문제를 먼저 생각했다. 물론 돈도 중요했다. 그는 너무 솔직한 나머지 그 사실을 고백했다. 하지만 뒤에 가서야 비로소 그런 고백을 했다. 만약 그 말에 걸려 넘어지지 않고 얼굴이 붉어지지 않았더라면 그는 아마 명예를 걸고 고백하지 않았을 것이다.

그래서 데니스는 그녀에게 띄엄띄엄 자기방어적인 변명을 했다. 즉흥적으로 만들어낸 말, 본능에서 나온 노골적인 행동을 감추기 위해 임기응변으로 짜맞춘 말이었다. 그 말을 들으면서 케이트는 그가 마음속에서 진정으로 갈등을 느끼지 않았을 뿐 아니라, 엄연한 우연의 논리가 없었더라면 아마 변명할 필요성도 느끼지 않았을 것이라는 점을 점점 더 뚜렷하게 알 수 있었다. 만약 그 여자가 좌절한 사냥꾼의 방식으로 신선한 먹잇감을 찾아 떠돌아다녔다면, 데니스는 그녀의 마수로부터 고귀한 가문의 이름과 정당한 재산을 지킨 것에 진심으로 기뻐했을지 모른다. 그것은 자신의 권리를 주장하기 위해 그 여자가 지불한 대가였다. 그녀는 처음으로 그를 놀라게 하여 정의감을 일깨워줬던 것이다. 그의 양심은 오직 구체적 사실의 압력에만 반응할 따름이었다.

케이트는 이런 사실을 고통스럽게 깨닫고는 그들의 대화 끝에 자신을 스스로 가뒀다. 대화가 어떻게 끝났는지, 마침내 어떻게 그를 집 안에서 끌어냈는지 기억해봤지만 머리가 혼란스러울 뿐이었다. 그 여자의 비극적 죽음과 그 죽음에 대한 데니스의 역할은 분명히 돌이킬 수 없는 그의 행동이라는 재앙에서는 아무것도 아닌 것 같았다. 언젠가 한번 케이트는 "당신은 나하고 결혼하고 아무 말도 하지 말아야 했어요" 하고 큰 소리로 말한 적이 있었다. 그러자 그는 "하지만 나는 당신에게 이미 **말해왔는걸**" 하고 투덜거리는 소리로 대꾸했다. 그녀는 당황한 짐승을 향해 채찍을 들고 있는 조련사 같은 기분이 들었다.

하지만 케이트는 무자비할 만큼 집요했다.

"내게 말할 수밖에 없어서 말한 거잖아요. 용기를 잃었기 때문이죠. 말해봤자 이제는 더 상처가 되지 않았기 때문이죠."

데니스가 당황하며 호소하는 듯한 표정을 짓자 그녀는 말을 멈췄다.

"당신은 한시름 놓으려고 내게 말한 거였어요. 하지만 무슨 말을 해도 위안이 되지 않을 거예요. 그 어떤 일도 당신에게 도움이 되지 않을 거예요. 당신이 누군가, 당신을 **아프게 할** 그 누군가에게 말할 때까지는 말이에요."

"누가 나를 아프게 한단 말이야?"

"당신이 진실을 말할 때까지는요. 거짓말할 때처럼 그렇게 드러내놓고 말이에요."

데니스는 놀라서 파랗게 겁에 질렸다.

"당신을 이해할 수 없어."

"그렇다면 당신은 고백해야 해요. 공개적으로 드러내놓고요. 당신은 판사 앞에 가야 해요. 나는 그 재판이 어떻게 진행됐는지 알지 못해요."

"판사 앞에 가라고? 그 여자와 어린아이가 둘 다 죽었는데도? 모든 일이 끝장났는데도? 내가 찾아간들 무슨 소용이 있겠어?"

그가 신음을 내며 말했다.

"당신에게는 모든 일이 끝난 게 아니에요. 이제 시작에 지나지 않아요. 당신은 이 책임에서 벗어나야 해요. 그런데 그러기 위해선 단 한 가지 방법밖에 없어요. 진실을 고백하는 거죠. 그리고 돈도 돌려줘야 해요."

데니스에게 이 말은 그녀가 엉뚱하다는 것을 보여주는 결정적 증거처럼 느껴졌다.

"돈 이야기는 듣지 않은 걸로 하고 싶군! 당신이라면 도대체 누구에게 그걸 돌려주겠어? 다시 말하지만, 그 여자는 비천한 신분의 떠돌이 여자였어. 누구도 그 여자의 진짜 이름을 알고 있는 사람은 없어. 이름이 있었는지조차 모르겠는걸."

"그 여자한테도 어머니와 아버지는 있었을 테죠."

"그 여자 부모를 찾아 캘리포니아 슬럼가를 샅샅이 뒤지면서 내 일생을 보내라고? 설령 그 사람들을 찾아낸들 어떻게 알 거야? 아무리 노력해도 당신을 이해시키지 못하겠는걸. 그래, 내가 잘못을 저질렀어. 끔찍한 잘못을 저질렀어. 하지만 그런 식으로 그 잘못을 바로잡을 순 없어."

"그럼 어떤 방식으로 바로잡을 건데요?"

데니스는 그 질문에 조금 어물어물하며 잠시 말을 멈췄다. 그러고는 갑자기 단호한 태도로 말했다.

"좀 더 좋은 방식을, 아니, 최선을 다하려면, 경계히기 위해서는, 이 끔찍한……"

"아, 입 다물고 잠자코 있어요."

케이트는 큰 소리로 외치고는 얼굴을 감쌌다. 그러자 데니스는 절망을 느끼며 그녀를 바라봤다. 마침내 그가 입을 열었다.

"이런 식으로 계속 말한다고 무슨 소용이 있겠어. 한마디만 더 하지. 당신이 자유롭게 행동할 수 있다는 건 잘 알고 있을 테지."

데니스는 갑자기 이전의 목소리와 어조로 돌아가 간단하게 말했다. 그러자 케이트는 마치 애무를 받은 듯 약해졌다. 그녀는 머리를 들어 그를 바라보고는 생각에 잠긴 듯 물었다.

"자유롭게 행동할 수 있다고요?"

"케이트!"

그가 갑자기 소리쳤지만 그녀는 입을 다물라는 듯 한 손을 들어 올렸다.

"감옥에 갇힌 것 같다는 생각이 드는데요. 이 끔찍한 일로 당신과 함께 감옥에 갇혀 있다는 느낌 말이에요. 우선 당신을 그 감옥에서 구출해야겠어요. 나 자신에 대한 생각은 그러고 난 뒤에 해도 늦지 않아요."

그는 얼굴을 떨구고 더듬거리며 말했다.

"당신을 이해할 수 없군."

"내가 어떻게 할지는 말할 수 없어요. 또는 내 기분이 어떨지도요. 당신이 어떻게 행동하고 어떻게 느낄지 알게 될 때까지는요."

"내가 어떻게 느낄지 당신은 꼭 봐야만 해. 나는 반쯤 죽은 목숨일 테니까."

"그래요. 하지만 오직 반쯤만 죽어 있는 거예요."

데니스는 이 문제를 눈에 띌 시간만큼 숙고하고 나서 천천히 물었다.

"만약 당신이 제안한 이 미친 짓을 하지 않으면 나를 포기할 생각인가?"

이번에는 그녀가 잠시 멈췄다.

"그건 아녜요. 당신을 매수하고 싶지는 않아요. 당신이 직접 그럴 필요를 느껴야지요."

"이 문제를 공개적으로 밝힐 필요가 있다는 거요?"

"네, 맞아요."

그는 앞쪽을 빤히 쳐다보며 앉아 있었다. 그러고는 마침내 입을 열었다.

"물론 그게 어떤 의미인지는 알고 있겠지?"

"당신에게 말인가요?"

"내 문제는 접어두기로 하지. 다른 사람들에게 말이야. 또 당신에게도. 나는 감옥에 가야 할지도 몰라."

"어쩌면 그렇게 될지도 모르죠."

그녀가 간단히 답했다.

"아주 쉽게 받아들이는 것 같군. 우리 어머니는 허락하지 않을 것 같은데."

"당신 어머니라고요?"

이 말은 그가 예상한 효과를 불러왔다.

"우리 어머니에 대해선 생각하지 않은 것 같군 그래. 그 사실을 알면 어머니는 돌아가실지도 몰라."

"당신이 그런 짓을 했다고 생각하면 오히려 돌아가시겠지요!"

"어머니를 아주 불행하게 만들겠지. 하지만 차이는 있어."

그랬다. 차이가 있었다. 어떤 그럴듯한 수사로도 숨길 수 없는 차이 말이다. 은밀한 죄가 페이턴 부인을 비참하게 만들 테지만, 죽게까지는 하지 않을 것이다. 또한 페이턴 부인은 데니스와 꼭 마찬가지로 융통성 있게 보상을 생각할 것이다. 개인적 회개를 공개적 사죄와 동일한 것으로 점잖게 받아들일 것이다. 심지어 케이트는 페이턴 부인이 신의 섭리에 따라 자기 아들의 행동이 발각되지 않은 사실에서 '교훈'을 찾아내는 것을 머릿속에 그려볼 수도 있었다.

"문제는 그렇게 단순하지 않아."

우울한 듯하면서도 승리감을 내비치면서 데니스가 갑자기 내뱉었다.

"네, 그래요. 그렇게 단순하지 않죠."

케이트가 맞장구를 쳤다.

"다른 사람들도 생각해야 하지."

그녀가 묵시적으로 승낙하는 것을 보자 그는 믿음을 되찾고 말을 이어 나갔다.

케이트는 아무 대답도 하지 않았다. 잠시 후 데니스는 일어나 가려고 했다. 돌이켜보면 지금까지 그녀는 두 사람이 나눈 대화의 추이를 따라갈 수 있었다. 하지만 헤어지면서 논쟁이 간청으로 바뀌고 비난이 열정적 호소로 바뀌면서 그에게 적어도 한 번 더 말할 기회가 주어지자, 그녀의 기억은 고통 속에서 가물가물해졌다. 그녀는 오직 한 가지만을 기억해낼 수 있었다. 즉 그가 나가고 문이 닫힐 때 그가 다시 한번 그녀와 만날 약속을 받고 떠난 것 말이다.

4

　케이트는 그를 다시 만나기로 약속했다. 하지만 약속했더라도 그가 제안한 자유를 그녀가 거절했다는 의미는 아니었다. 비참한 생각이 처음 몰려왔을 때 그녀는 충분히 다시 평정을 찾지 못했고, 수많은 연상과 습관에 걸려 그의 운명과 연루됐다는 느낌이 들었다. 하지만 데니스 생각으로 잠을 이루지 못한 채 밤을 지새운 뒤 (그것은 그들 영혼의 끔찍한 혼례였다) 그녀는 그와는 아무런 관련이 없는 아침을 맞았다. 그녀는 그녀의 자유를 구하지도 않았고, 그는 그것을 주지도 않았다. 하지만 두 사람의 발밑에는 깊고 넓은 틈이 벌어져 있었고, 그들은 전과는 다른 입장에 놓여 있었다.
　이제 케이트는 독립이라는 우울하지만 유리한 위치에서 그 불행을 자세히 살펴볼 수 있었다. 심지어 이제는 더 데니스를 사랑하지 않는다는 사실로 위안을 삼을 수도 있었다. 의식의 섬유 조직 하나하나와 함께 짜여 있는 감정이 뿌리 뽑힌 식물의 수액처럼 그렇게 갑자기 멈춘다는 것은 생각할 수 없었다. 하지만 그녀는 감상이라는 당시 유행하는 용어에 조금도 속아 넘어가지 않았다. 진실로부터 그녀를 보호할 상투적인 격언은 없었다.

케이트가 소름 끼칠 만큼 평정을 되찾은 마음으로 데니스를 다시 만나기를 기대할 수 있었던 것은 그를 이제 더는 사랑하지 않기 때문인 것 같았다. 물론 그녀는 결혼을 연기한다는 조건을 내세웠지만, 이틀만 시간을 달라고 부탁하는 것 외에는 다른 조건을 요구하지 않았다. 이틀 동안 그녀는 그에게 편지조차 쓰지 않았다. 그녀는 비참한 마음을 안고 세상과 담을 쌓고 행복에 익숙해진 것처럼 비참함에 익숙해지고 싶었다. 하지만 실제로 은둔한다는 것은 불가능했다. 삶의 미묘한 상호작용들이 거의 즉시 그녀의 방어벽을 무너뜨리기 시작했다. 그녀 주변의 모든 삶은 그녀의 감각에 너무 많은 무의식적 요소로 작용했다. 그녀는 가련한 데니스를 어떻게 하면 가장 잘 도와줄 수 있을까 생각하는 데 전념하려 했다. 썰물처럼 빠져나가는 사랑이지만 뜻밖에도 깊은 동정심을 드러내줬다. 하지만 그녀는 옳고 그름의 추상적 관점에서 그의 상황을 생각하기가 점점 더 어려워졌다. 공개적으로 사죄하는 것이 여전히 유일한 방법인 듯했지만, 페이턴 부인도 그렇게 생각하기를 기대하는 것은 헛수고였다. 그렇지만 페이턴 부인은 적어도 무슨 일이 있었는지는 알고 있어야 했다. 아들에 대한 판단을 내리는 사람은 결국 페이턴 부인이 아니던가? 케이트는 잠시 책임감에서 벗어날 수 있어서 기뻤다. 그녀는 데니스에게 어머니께 모든 것을 고백하는 것으로 시작해야 한다고 말하기로 거의 결심했다. 하지만 거의 동시에 그 일이 불러올 결과를 생각하고 망설이기 시작했다. 누구든지 그의 행동을 가볍게 받아들이는 것, 즉 돌이킬 수 없는 행동을 변명으로 만드는 것만큼 그녀가 두려워하는 것은 아무것도 없었다. 그리고 그녀가 예견하건대 이것이 바로 페이턴 부인이 취하려는 행동이었다. 갑자기 왈칵 솟아오른 비참한 마음이 사라지자, 그녀는 편의주의라는 안개로 모든 상황을 덮어버리고자 했다. 케이트의 판단이라는 법정에 서자 그녀는 즉시 좀 더 고상하게 행동할 수 없었다.

케이트가 페이턴 부인에 대한 평가를 아직도 따지고 있을 때 페이턴 부인이 실제로 가벼운 발걸음으로 나타났다. 케이트가 그녀의 우주를 참담한 마음에서 재창조하면서 표현했듯이 그것은 둘째 날의 오후였다.* 케이트는 그동안 페이턴 부인을 너무 냉혹하게 생각해온 탓에 은백색 부인의 비현실적 존재가 관념이 만들어낸 투사에 지나지 않아 보였다. 하지만 케이트가 평정을 되찾고 외부

---

* "하나님이 이처럼 창공을 만드시고서, 물을 창공 아래에 있는 물과 창공 위에 있는 물로 나누시니, 그대로 되었다. 하나님이 창공을 하늘이라고 하셨다. 저녁이 되고 아침이 되니, 이튿날이 지났다." 《창세기》 1장 7~8절)

세계와 다시 접촉하자 그녀의 선입견은 놀라움으로 바뀌었다. 페이턴 부인의 방문은 흔한 일이 아니었다. 지난 몇 해 동안 반쯤 환자 상태에서 여왕처럼 군림해온 탓에 그녀는 오락거리 기분 전환은 몰라도 힘이 드는 일은 금지돼 있었다. 케이트는 그녀가 찾아온 특별한 목적을 즉시 알아차렸다.

페이턴 부인은 관례적으로 누군가가 직접 자신을 공격하는 것을 용납하지 않을 것이다. 그래서 케이트는 보통 서두로는 꺼리는 갑자기 지르는 소리와 이런저런 일화를 끝까지 들어야 했다. 부인의 목소리가 곧 의미심장해지더니 그녀가 한 손으로 케이트의 손을 잡으며 나지막한 소리로 말했다.

"네게 이 슬픈 일에 대해 말하려 찾아왔단다."

케이트는 몸을 떨기 시작했다. 데니스가 드디어 말했단 말인가? 기대가 점점 부풀어 오르자 그녀의 말문이 막혔다. 데니스가 여전히 자신에게 영향력을 행세하고 있다는 생각이 순간 케이트의 머리를 스쳐 갔다. 하지만 페이턴 부인은 우아하게 계속 말을 이어 나갔다.

"그 일은 내 가련한 아이에게 엄청난 충격이었어. 아서의 과거를 알게 되다니 그 자체로 이루 말할 수 없는 고통이었겠지. 하지만 마지막의 이 끔찍한 일은, 그러니까 그 여자의 사악한 행동은……."

"사악하다니요?"

케이트가 큰 소리로 외쳤다. 페이턴 부인은 부드러운 시선으로 그녀를 꾸짖었다.

"분명히 우리 종교는 자살이 죄악이라고 가르치지 않니? 게다가 어린아이를 살해하다니! 애야, 네게 그런 일에 대해 말해서는 안 되는데. 이제껏 누구도 내 앞에서 그렇게 끔찍한 일을 입 밖에 낸 사람이 없거든. 내 남편은 비참한 삶의 모습을 내게 보여주지 않으려 무척 조심하곤 했지. 아름다운 것에 대해 생각할 일이 그토록 많으니 우리는 그런 끔찍한 일의 존재를 무시하도록 노력해야지. 하지만 요즘 세상에는 모든 게 신문에 나잖니. 그 소식을 자기한테서 먼저 듣는 게 더 좋을 것 같다고 데니스가 말하더구나."

케이트는 아무 말도 하지 않고 고개를 끄덕였다.

"그 애는 네게 말해야 한다는 걸 얼마나 **끔찍하게** 생각했는지 몰라. 하지만 나는 데니스가 그 사건을 병적으로 보고 있다고 말하지. 물론 그 여자의 범죄는 충격적이야. 하지만 사건을 좀 더 자세히 들여다보면 그 불쌍한 어린아이를 악과 불행에서 구출하려는 수단으로 계획한 거라고 생각할 수밖에 없잖니? 데니스가 바라봤으면 하는 관점은 바로 이거야. 나는 데니스가 인간의 고통에서 신의 섭리를 찾는 법을 배울 때 어떻게 삶의 모든 어려움이 사라지는지 알았으면 해."

페이턴 부인은 마치 경험 많은 등산가가 자기보다 덜 민첩한 동료 등산가가 뒤따라오기를 기다리며 휴식을 취하듯 이 시점에서 잠시 말을 멈췄다. 하지만 그녀는 케이트가 자기보다 한참 멀리 뒤

처져 있어서 올라오게 하려면 어쩌면 좀 더 강한 자극이 필요하다는 걸 곧 깨달았다. 페이턴 부인은 능란하게 말했다.

"아가야, 내가 방금 말했지. 아가씨가 어쩔 수 없이 이 슬픈 사건에 대해 듣게 된 걸 미안하게 생각한다고. 하지만 결국 그 결과를 막을 수 있는 사람은 오직 너뿐이거든."

케이트는 숨을 죽였다. 그리고 머뭇거리며 물었다.

"그 결과라니요?"

페이턴 부인의 목소리가 엄숙하게 낮아졌다.

"데니스가 내게 모든 걸 말하더구나."

"모든 걸요?"

"네가 결혼을 연기하자고 고집을 부린다고 말이다. 아, 애야, 내가 간청하는데, 제발 그 문제를 다시 생각해줬으면 해!"

다시 한번 무거운 어둠의 영역으로 빠져들고 있다는 느낌이 들자 케이트는 의기소침해졌다.

"그 사람이 한 말이 그게 전부예요?"

페이턴 부인은 깔보고 희롱하듯 그녀를 빤히 쳐다봤다.

"전부 말했냐고? 그럼 그게 아서에 관한 전부가 아니란 말이냐?"

"제 말씀은, 그 사람이 어머님께 제 이유를 말씀드렸냐는 거예요."

"충격적인 비극이 일어났으니 체면에서라도 네가 결혼을 연기했으면 한다고 말하더구나. 네 심정을 충분히 이해하고도 남아. 그 여자가 이 특별한 시점을 택하다니 참으로 딱한 노릇이지! 하지만 너도 나이가 들면 인생이란 그런 정반대의 슬픈 일들로 가득 차 있다는 걸 알게 될 거야."

케이트는 페이턴 부인의 그런 상투적인 말에 천천히 돌처럼 굳어지는 듯했다. 부인은 계속 말을 이었다.

"내 생각엔 우리가 이 문제를 생각하는 데는 오직 한 가지 관점밖에는 없는 것 같아. 그러니까, 데니스에게 미칠 영향 말이지. 그게 아니라면 우리는 그 문제에 대해 아무것도 알고 싶지 않아. 하지만 그 일로 내 아들은 무척 불행해하고 있어. 소송은 그 아이에게 엄청난 시련이었거든. 평판이 끔찍하게 나빠진 데다 가련한 아서의 병까지 알려졌잖니. 데니스는 여자처럼 감정이 섬세해. 네가 데니스를 좋아하는 것도 그 애의 유별나게 섬세한 감정 때문이지. 하지만 그런 감수성은 극단으로 흐를 수도 있지. 데니스는 이 불행한 사건 때문에 희생돼서는 안 돼. 그건 신의 섭리에 대한 믿음이 부족하다는 증거거든. 내가 걱정하는 건, 삶에 대한 그 애의 믿음이 흔들려왔다는 거야. 그리고 너는 나를 용서해야 해. **용서해줄** 거라 믿고 있어. 하지만 나도 너를 조금 탓하지 않을 순 없지……."

페이턴 부인의 어조가 비난조에서 위로하는 투로 바뀌었고, 그 위로의 말투는 케이트의 손을 떨면서 힘을 주어 꼭 잡으면서 지속됐다. 케이트는 멍한 표정으로 그녀를 쳐다봤다.

"**저를** 탓하신다고요?"

"기분 나쁘게 생각하진 마, 케이트. 내가 걱정하는 건, 데니스에 대한 너의 지나친 동정심, 또 네 섬세한 감정이 그 아이에게 병적인 생각을 갖도록 부추기지는 않았는지 하는 거야. 그 아이가 내게 말하더구나, 네가 몹시 충격을 받았다고. 당연히 충격을 받았겠지. 어떤 아가씨라도 아마 그랬을 거야. 당연한 일이야, 케이트. 그렇게 느낀다는 건 아름다운 일이야. 아주 **아름다운** 일이고말고. 하지만 너도 알고 있듯이 우리 종교는 슬픔에 지나치게 빠지지 말라고 가르치지. 죽은 사람들을 장사하는 일은 죽은 사람들에게 맡겨두고 산 사람들은 산 사람들을 돌봐야 한다고.* 그런데 그 비참한 여자가 너희들 중 누구와 관련이 있다는 거니? 데니스가 어떤 식으로든 아서 페이턴 같은 성격의 소유자와 연관된 게 불행한 일이었어. 하지만 가련한 아서는 데니스를 상속자가 되게 해 결국 우리에게 끼친 불명예를 최선을 다해 보상했지. 그리고 난 신의 명령에 의심을 품고 싶은 생각은 추호도 없다고 확실하게 말할 수 있어."

페이턴 부인은 다시 말을 멈추고 난 뒤 부드럽게 케이트의 두 손을 잡았다.

"나로선 말이야, 이 사건에서 아름다운 신의 섭리를 보여주는

---

* "그러나 그 사람이 말하였다. '(주님,) 내가 먼저 가서 아버지의 장례를 치르도록 허락하여 주십시오.' 그러나 예수께서는 그에게 말씀하셨다. '죽은 사람들을 장사하는 일은 죽은 사람들에게 맡겨두고, 너는 가서 하나님 나라를 전파하여라.'"
(〈누가복음〉 9장 59~60절)

또 다른 예가 보인단다. 데니스의 상속으로 너와의 결혼을 가로막는 마지막 장애물이 제거된 바로 뒤에, 이 슬픈 사건이 일어난 건 그 애에게 얼마나 네가 필요한지, 또 그 아이더러 행복을 연기하라고 부탁하는 게 얼마나 잔인한 일인지를 잘 보여주지."

페이턴 부인은 잡고 있던 케이트의 손이 갑자기 빠지자 습관적인 평온함이 깨져 말을 멈췄다. 케이트는 힘없이 그녀를 바라보고 앉아 있었지만 아무런 대답도 입에 올리지 않았다.

마침내 페이턴 부인은 이제 그만 가 봐야겠다는 암시로 옷을 매만지며 다시 말을 이었다.

"집에 가서 그 아이한테 네가 결혼을 연기하지 않겠다고 했다고 말해도 괜찮지?"

케이트는 여전히 잠자코 있었고, 그녀의 방문객은 아무 소용 없는 변론에 익숙지 않은 변호사의 조금 놀란 표정으로 그녀를 쳐다봤다.

"만약 침묵이 거절을 뜻하는 거라면 너는 그에 대한 책임을 져야 한다는 걸 알아야 해."

페이턴 부인의 목소리가 칼날처럼 매서워졌다.

"만약 데니스에게 잘못이 있다면 그 애가 너무 착하고 너무 고분고분하고, 그가 좋아하는 사람들에게 너무 쉽게 영향을 받는다는 거지. 지금 그 아이에게 네 영향은 절대적이야. 네 도움이 필요할 때 그 아이에게서 돌아선다면, 그 결과가 어떻게 될지 누가 알 수 있겠니?"

그 논리는 인상 깊게 전달됐지만 듣는 사람에게 확신을 줄 정도는 아니었다. 하지만 바로 그 이유로 케이트는 갑자기 예상을 깨뜨리고 왈칵 눈물을 쏟으며 의자 뒤로 깊숙이 물러나면서 그에 대한 답을 했다. 하지만 페이턴 부인에게 눈물은 항복의 신호였고, 그녀는 즉시 서둘러 케이트 옆에서 자기의 승리를 관대함으로 누그러뜨렸다.

"내가 네 기분을 이해하지 못한다고 생각하지는 마. 하지만 우리는 모두 아이를 위해 우리 자신을 잊어야 해. 데니스에게 네 약속을 얻어 돌아가겠다고 말했거든."

페이턴 부인이 케이트의 어깨 위에 살짝 팔을 올려놓자 케이트는 깜짝 놀라 몸을 뒤로 뺐다. 순간 케이트는 자신의 감정이 이용당할 것이라는 사실을 알아차렸다.

"아니에요, 그게 아니에요. 어머니는 제 말을 오해하고 계세요. 저는 어떤 약속도 해드릴 수 없어요."

그녀가 선언하듯 말했다.

페이턴 부인은 우물쭈물하며 잠시 앉아 있었다. 그리고 나서 갑자기 빼냈던 한쪽 팔을 다시 케이트의 어깨 위에 올려놓았다.

"얘야, 만약 내가 네 말을 오해했다면 바로잡아줘야 하지 않겠니?"

페이턴 부인이 상냥하게 터놓고 말한다는 듯한 어조로 말했다.

"방금 내게 데니스가 이렇게 별스럽게 결혼을 연기하는 이유를 말했냐고 물었지. 그 아이가 한 가지 이유를 말해주더구나. 하지만 네 행동을 설명하기에는 충분하지 않은 것 같아. 만약 다른 이유가 있다면 내게 말해주겠니? 그런 이유가 있다고 생각할 만큼 나는 너를 잘 알고 있거든. 만약 내 아이가 네 기분을 상하게 할 만큼 부적절하게 굴었다면 어미인 내게 변호할 기회를 줄 수는 없겠니? 누구도 진술을 듣지 않고서 유죄 판결을 받아선 안 된다는 걸 기억해. 데니스의 어머니로서 나는 네게 이유를 요구할 권리가 있단다."

"제 이유요! 제 이유라고요?"

케이트는 이 문제로 기진맥진해 숨을 헐떡거리며 말을 더듬거렸다. 아, 페이턴 부인에게서 풀려날 수 있으면 좋으련만!

"만약 어머님께 그걸 알 권리가 있다면 그이가 왜 말씀드리지 않았을까요?"

그녀가 큰 소리로 말했다. 페이턴 부인은 몸을 떨면서 자리에서 일어났다.

"집에 가서 그 아이에게 물어보마. 너한테서 말해도 좋다는 허락을 받았다고 전하마."

페이턴 부인은 단호한 행동에 익숙지 않은 사람처럼 안절부절 못하며 서둘러 문가로 걸음을 옮겼다. 하지만 케이트는 벌떡 일어나 그녀 앞에 섰다.

"아녜요, 그러지 마세요. 그에게 물어보지 마세요! 제발 물어보지 마세요. 어머님께 간청드릴게요."

페이턴 부인은 갑자기 목소리와 몸짓에 권위를 싣고 그녀를 향해 몸을 돌렸다.

"이제 내가 네 말을 이해한 건가? 결혼을 연기할 이유가 있다는 건 인정하지만, 내게, 데니스의 어미인 내게 그 이유가 뭔지 물어보지 말라는 거야? 가련하구나. 난 이미 다 알고 있는데 굳이 물어볼 필요가 어디 있겠어. 만약 그 애가 네 기분을 상하게 했다면, 또 네가 그 애에게 자신을 변호할 기회를 주지 않았다면, 나는 더는 네 이유를 찾을 필요가 없어. 그건 네가 그 아이를 이제 더는 사랑하지 않는다는 거니까."

케이트는 본능적으로 가로막고 있던 문에서 물러섰다.

"어쩌면 그럴지도 몰라요."

페이턴 부인을 지나가도록 해주며 그녀가 중얼거렸다.

"그건 네가 그 아이를 이제 더는 사랑하지 않는다는 거니까."

5

집으로 돌아오던 옴 씨의 마차 바퀴는 화가 나서 달아나듯 바삐 돌아가는 페이턴 부인과 엇갈렸다. 한 시간 뒤 케이트는 저녁 시간의 부드러운 촛불 아래 사슴 고기에 대한 아버지의 의견에 인내심을 갖고 귀를 기울이며 앉아 있었다.

케이트는 거실에서 시중드는 동안 아버지가 그녀의 외모에서 어떤 변화를 감지한 것은 아닐까 생각했다. 채찍을 맞은 듯 온갖 생각으로 시달린지라 눈에 띄는 흔적을 남긴 게 틀림없는 듯했다. 하지만 옴 씨는 개인적 안락이 영향을 받는 것을 제외하고는 감각이 섬세한 사람이 아니었다. 자기의 이기주의는 가장 예민한 촉각으로 무장하고 있으면서도 다른 사람들의 비슷한 촉각은 낌새채지 못했다. 그 자신의 분신인 그의 딸은 정상적으로 염려하는 범위

안에 놓여 있었다. 하지만 멀리 떨어진 지역, 외방 속국과 같았다. 그리고 옴 씨의 정치 형태는 고도로 중앙 집권적이었다.

그 불쾌한 사건 소식(그는 자주 페이턴 부인의 어휘를 사용하곤 했다)은 옴 씨에게 그의 클럽에서 전해졌고, 그가 조심스럽게 주문한 아침 식사를 소화하는 데 어느 정도 부담이 됐다. 하지만 그 후 이틀이 지났고, 옴 씨가 다른 사람들의 불행을 받아들이는 데는 마흔여덟 시간이 걸리지 않았다. 물론 그 일은 무척 역겨웠고, 그는 그와 관련된 주위 어떤 사람에게도 그런 일이 일어나지 않기를 하늘에 간절히 바랐다. 하지만 목숨을 걸고 도망치는 범인이 튀긴 진흙을 뒤집어쓴 신사가 일시적으로 짜증을 느끼는 기분으로 그는 그 사건을 바라봤다.

그런 상황에서 옴 씨는 페이턴 부인이 사실을 회피하는 것과는 사뭇 다르게 통명스러우면서도 쾌활한 금욕주의자처럼 처신했다. 그 일은 끔찍한 사건이었다. 그는 케이트가 그 일과 엮인 것이 유감스러웠다. 하지만 케이트는 이제 곧 결혼할 것이고, 그러고 나면 인생이란 주일 학교에서 듣는 이야기와는 반드시 같지 않다는 사실을 깨달을 것이다. 누구나 다 그런 불쾌한 사건에 노출돼 있었다. 옴 씨는 자기 집안에서도 그런 경우가 있었던 것이 기억났다. 아, 케이트는 들어본 적이 없을 법한 먼 사촌의 일이었다. 아서의 여자와 같은 그런 여자와 얽혀 그의 아버지가 (가장 적절한 방식으로) 그 가련한 녀석을 먼 곳으로 보내버렸고, 그는 즉시 이름을 위조하여 아버지의 방침이 옳다는 것을 증명했다. 전체로 보면 참으로 불쾌한 일이 아닐 수 없었다. 하지만 다행스럽게도 스캔들은 잠재울 수 있었다. 여자는 돈을 주고 해결했으며, 그 탕아는 근신 기간이 지난 뒤 재산이 많은 양갓집 처녀와 안전하게 결혼했다. 신부는 가족에게서 신랑이 의사의 권유로 캘리포니아에 거주하게 됐다는 말을 들었다.

다행스럽게도 스캔들은 잠재울 수 있었다. 이 말은 케이트의 불행이라는 음산한 배경에 밝은 빛을 던져줬다. 대부분의 사람들은 추호도 의심하지 않고 그렇게 느꼈다. 이 구절은 점잖은 사람들의 일치된 의견을 반영했다. 어떤 실수를 교정하는 가장 좋은 방법은 실수를 숨기는 것이다. 한밤중에 마룻바닥을 뜯고 희생자를 매장하는 것 말이다. 무엇보다 검시관도 검시도 절대로 있어서는 안 된다!

케이트는 이상하게도 먼 사촌에게 흥미를 느끼기 시작했다.

"그래서 그의 아내는, 그 여자는 남편이 한 행동을 알았나요?"

옴 씨는 그녀를 빤히 쳐다봤다. 자신의 도덕을 환기받자 그는 자기 관심사를 다시 생각했다.

"그의 아내 말이냐? 아, 물론 모르고 있었지. 아주 감쪽같이 비밀을 숨겼거든. 하지만 그녀의 재산은 신탁이 돼 있어서 그녀는 그와 살면서 아주 안전했지."

그녀의 재산이라니! 케이트는 남편에 대한 그녀의 믿음도 신탁이 돼 있었는지, 또 그녀의 감수성이 남편의 침해 가능성으로부터 보호받고 있었는지 궁금했다.

"아버지는 그런 식으로 그 여자를 속인 게 정당하다고 생각하세요?"

옴 씨는 어리둥절한 시선으로 딸을 쳐다봤다. 그는 윤리적 추측이라는 우회로를 좋아하지 않았다.

"그의 식구들은 그 가련한 녀석에게 다시 한번 더 기회를 주고 싶었던 거지. 그들은 그 아이에게 할 수 있는 최선을 다했어."

"그런데, 그 뒤로는 불명예스러운 일을 하나도 저지르지 않았나요?"

"내가 아는 한 그러지 않았어. 부부가 아이를 낳았고 꽤 행복하게 산다는 말을 들은 게 마지막이야. 어쨌든 그렇게 멀리 떨어져 살고 있으니 이곳에 있는 **우리** 집안 사람들에게 폐를 끼치기가 쉽지 않지."

옴 씨가 그 화제를 입에 올리지 않은 뒤에도 케이트는 오랫동안 그 일을 두고 깊이 생각했다. 그녀는 삶의 아름다운 겉모습 밑에 도덕적 하수구의 거대한 망이 엉켜 있다는 사실을 깨닫기 시작했다. 명문 가문마다 집안의 추문을 개인적으로 처리하는 특별한 장치를 갖고 있었다. 오직 무모하고 선견지명이 없는 부류만이 그런 위생적 예방 조치를 게을리하고 있었다. 그런 제도의 장점에 판결을 내리는 여성이란 과연 누구란 말인가? 사회 건강은 보호돼야 했다. 그를 위해 고안된 방법은 오랜 경험과 자기 보존의 집단적 본능이 만들어낸 결과였다. 그날 저녁 케이트는 아버지에게 결혼을 연기했다고 말할 생각이었지만 이제는 그러지 않기로 했다. 옴 씨가 받아들이지 않을지도 모른다는 의구심 때문이 아니라(그는 늘 인습적인 양심의 가책이 주는 압력을 받을 수 있었다) 오히려 그의 말이 야기한 더 큰 문제와 비교해보면 이 모든 문제는 무의미했기 때문이었다.

케이트는 그녀의 방에서 좀 더 심오한 삶의 영혼이 태어나는 진통을 겪으며 밤을 보냈다. 그녀가 처음에 느낀 감정은 엄청난 정신적 고독, 데니스의 행동을 알아차리고 겪은 고통보다 더 완벽하고 훨씬 더 극복하기 어려운 고독이었다. 그때 그녀는 그녀 자신이 생각하는 옳고 그름의 관념에 반응해야 하는 정의에 대한 집단적 의미를 막연하게나마 터득했다. 그녀는 이론과 실제의 논리적 일치를 여전히 믿었다. 하지만 이제 그녀 주위에 가장 가까이 있는 사람 중 속죄에 대한 도덕적 필요성을 깨닫고 있는 사람은 단 한 사람도 없다는 걸 알았다. 그녀는 아버지나 페이턴 부인에게 비밀을 이야기한다는 것이 오직 그녀와 데니스가 활동하는 무익한 불행의 원(圓)을 넓히는 것에 지나지 않으리라는 사실을 깨달았다. 그렇게 그녀에게 드러난 삶의 모습은 처음에는 비열하고 치사하게 보였다. 명예란 능수능란한 공모자들 사이의 침묵의 약속에 지나지 않은 세계였던 것이다. 그물망처럼 얽힌 상황이 그 주위를 옥죄어 오자 그녀는 용인, 즉 불명예스러운 묵인이 아니라 악의 인지와 함께 찾아오는 정신적 해방을 느꼈다. 그 어두운 시야에서 빛이 찾아오면서 한 줄기 구름이 불기둥으로 바뀌었다.* 마침내 그녀 앞에 인생은 전과 마찬가지로 펼쳐져 있었다. 용감하고 목에 화관을 감은 승리가 아니라, 벌거벗고 비굴하게 땅에 엎드리고 병에 걸린 채 잘린 팔다리를 진흙 속에 질질 끌고 가면서도 애처로운 두 손을 천상의 별을 향해 쳐드는 모습이었다. 한때 꿈의 제단 위에 왕좌처럼 높이 올라와 있던 사랑 그 자체가 이제는 폭풍우의 피해를 입고 상처투성이가 돼 그녀에게 살그머니 다가와 그녀의 가슴에서 폭풍우를 피하게 해달라고 얼마나 애원하던지! 이제 사랑(charity)은 정녕 그녀가 생각하던 옛날 의미의 사랑이 아니라, 좀 더 근엄하고 엄격한 존재, 신비스러운 세 가지 요소 중의 하나인 사랑이었다. 케이트는 이제 더는 데니스를 사랑하지 않는다고 생각했다. 하지만 지금껏 그에게서 그녀가 사랑한 것은 그녀의 행복과 그의 행복이 아니었던가? 두 사람의 애정은 〈아가**〉에서 노래하는 **울타리로 둘러싸인 정원**으로, 그곳에서 그들은 아름다운 축복의 고립 속에서 영원히 걷게 되어 있었다. 하지만 사랑은 이제 그녀에게 이

---

* "주님께서는, 그들이 밤낮으로 행군할 수 있도록, 낮에는 구름기둥으로 앞서 가시며 길을 인도하시고, 밤에는 불기둥으로 앞 길을 비추어 주셨다. 낮에는 구름기둥, 밤에는 불기둥이 그 백성 앞을 떠나지 않았다." (〈출애굽기〉 13장 21~22절)
** 구약 성서의 하나. 이스라엘의 왕 솔로몬이 쓴 '가장 아름다운 노래(Song of Songs)'로 흔히 일컫는다.

이상의 그 무엇으로 나타났다. 즉 남녀의 이기적인 열정보다 좀 더 넓고, 좀 더 깊고, 좀 더 지속적인 그 무엇으로 말이다. 그녀는 젊은 남녀가 처음 만나 서로 눈이 마주쳐 인류의 어두운 바다를 가로질러 높이 서 있는 등대에 불을 밝힐 때까지 광범위한 문제에 걸쳐 그것을 바라봤다.

케이트에게 이 모든 일은 또렷하게 연속적으로 오지 않고 흐릿하고 변화무쌍한 일련의 이미지로 다가왔다. 삶을 잘 모르고 자란 젊은 여성들이 흔히 그러하듯 그녀에게도 결혼은 우아한 구애의 지연에 지나지 않았다. 만약 그녀가 좀 더 멀리, 좀 더 넓게 바라본다면 결혼은 마치 여행자가 황금빛 연무에 가리고 너무 멀리 떨어져 있어 상상력으로도 쉽게 탐색하기 어려운 땅을 응시하는 것과 같았다. 그런데 시각이 흐려진 가운데 오직 하나의 이미지, 즉 데니스의 아이 이미지가 이상하게도 집요하게 남아 있었다. 케이트가 데니스의 아이를 가져본다고 일찍이 생각해본 적이 있었던가? 그녀는 오랫동안 열병을 앓다가 깨어난 사람 같았다. 이전의 자기 자신이나 그 이전의 감정에 대해서는 아무것도 기억해낼 수 없었다. 그녀가 알고 있는 것이라고는 오직 그 환상, 어쩌면 그녀가 아닌 다른 어머니의 아이라는 환상만이 집요하게 남아 있다는 점이었다. 그 여자가 데니스와 결혼한다는 것은 불가능했다. 가장 깊은 곳에 있는 그녀의 영혼이 이를 받아들이지 않을 것이다……. 하지만 케이트가 그 아이의 어머니가 아닐지 모르기 때문에 그 이미지가 케이트의 뇌리에 그토록 집요하게 따라다녔다. 그녀는 불가피한 사건의 추이를 완벽할 만큼 뚜렷하게 볼 수 있었다. 데니스는 다른 여성과 결혼할 것이다. 그는 숙명적으로 결혼해야 할 그런 사내 중 하나였다. 케이트는 정신적 위기에 놓인 데니스를 저버려 그를 처음으로 동정받게 할 거라고 페이턴 부인에게 상기시켜줄 필요도 없었다. 그는 그의 비밀을 전혀 모르는 아가씨와 결혼할 것이다. 그가 두 번 다시 기꺼이 자기 실수를 고백하지 않을 것을 케이트는 잘 알고 있었다. 그는 그를 믿고 그에게 의지하는 아가씨와 결혼할 것이다. 마치 케이트 옴이, 이전의 케이트 옴이 바로 이틀 전에 그랬던 것처럼! 아이는 그 두 사람 사이의 이러한 기만과 함께 태어날 것이다. 즉 마치 그 원인을 발견하기도 전에 파멸에 이를 어떤 숨겨진 신체적 결함을 갖고 태어나는 것처럼 비밀스러운 약점, 도덕심의 악을 상속받고 태어날 것이다……. 한데, 그래서 어떻다는 말인가? 그 여자에게 책임이 있는가? 수많은 어린아이가 생각지도 않은 그런 결함을 지닌 채 태어나지 않았는가……? 아, 하지만 그녀가 구출할 수 있는 어린아이가 하나 있다면? 아내라는 직분에 그토록 아름다운 환상을 품어온 그녀가 폐허로부터 모성을 보호하는 이런 환상을 다시 만들어낼 수 있다면 어떻게 될까? 만약 연인에 대한 사랑을 잃지 않고 이를 그의 종족에 대한 사랑의 열정으로 변형하고 확대할 수 있다면 어떻게 될까? 만약 그녀가 그 결과의 피난처가 되어 그의 결함을 속죄하고 보상한다면 과연 어떻게 될까? 이렇게 이상할 만큼 그녀의 사랑을 확대하자 예전의 모든 제약이 허물어지는 것 같았다. 무엇인가가 자아의 표면에 틈을 만들어놓았고, 그 틈에서 신비스러운 원초적 영향력, 여성의 희생 본능, 아직 태어나지 않은 어린아이와 그 아이의 운명 사이에 간절하게 온몸을 던지고 싶은 정신적 모성의 정열이 솟아올랐다…….

케이트는 그때뿐 아니라 그 뒤에도 어떻게 해서 자기 자신을 지워버리는 이런 신비스러운 정점에 이르렀는지 알 수 없었다. 다만 그녀는 고뇌를 겪으며 한 성인이 기쁨이란 슬픔의 가장 깊은 곳의 핵심이라고 선언하도록 한 마음의 고양을 의식할 뿐이었다. 옛 문구들이 그런 새로운 의미에 쓸모가 있다면 그녀가 느끼는 기쁨은 바로 그런 유형의 기쁨이었다. 파도처럼 밀려오는 삶에 대한 믿음인 '크레도 퀴아 압수르둠(Credo quia absurdum)*'의 옛 문구는 모든 궁극적 노력의 비밀스러운 슬로건이 되는 것이다.

---

* 최초의 라틴 신학자인 테르툴리아누스가 저서 《그리스도의 육신》에서 언급한 문구로 "부조리하기 때문에 나는 믿는다"는 뜻이다.

2부

1

"어머니, 멋있게 보이죠?"

딕 페이턴이 문지방에서 질문을 던지며 어머니를 반갑게 맞이하고, 그녀를 조그마한 방으로 안내하며 말했다. 그러고는 수줍은 듯 얼굴을 붉히고 웃으면서 덧붙였다.

"어머니도 아실 거예요. 그 여자는 보기 드물게 주의 깊다는 걸요. 아무리 사소한 일이라도 눈에서 벗어나는 일이 없거든요."

그는 뒤꿈치로 돌아서더니 어머니가 미소를 지으며 방을 살펴보는 모습을 지켜봤다.

"자질이라는 자질은 **모두** 갖춘 것 같더구나."

방을 한 바퀴 둘러보고 마침내 보기 좋게 차려놓은 테이블에 이르자 데니스 페이턴 부인이 말했다.

"네, **모두** 갖췄죠."

그가 어머니의 말을 재빠르게 받아 그녀의 어조를 누그러뜨리며 선언하듯 말했다. 그렇게 딕은 늘 그에게 이따금 겨눠진 모성적 반어법의 작은 칼날을 자기에게 유리하도록 만들어왔다.

케이트 페이턴은 웃으며 모피 옷을 느슨하게 매만졌다.

"전망이 참 좋구나."

그녀가 창가로 다가가는 것으로 방안을 둘러보기를 모두 마무리하며 말했다. 저 멀리 창문 아래 길쭉한 옆길은 5번가*로 통하는 장방향의 원경을 보여줬다.

높은 곳에 위치한 방은 딕 페이턴의 개인 사무실이었다. 벽을 막아 갈라놓은 좀 더 큰 사무실에서 쑥 들어간 곳이었다. 큰 사무실에는 북광(北光)을 받는 채광창 아래 줄 지어진 전나무 테이블에서 젊은 제도사 서너 명이 분주하게 건축 설계를 두고 고심하고 있었다. 사무실 바깥 문에는 '페이턴과 질 건축 사무소'라는 간판이 붙어 있었다. 하지만 질은 실리주의자로 그의 이름만큼이나 겸손했다. 질은 작업실의 책상 하나로 만족하면서 딕에게 작은 방에서 혼자 사무실을 관장하도록 했다. 고객들은 이 사무실로 안내됐고, 또 이곳에서 업무가 이루어졌다.

---

* 미국 뉴욕 맨해튼을 남북으로 종단하는 거리. 센트럴 파크를 조망할 수 있는 고급 아파트와 역사적인 저택이 들어서 있다.

딕의 방이 젊은 여성을 사무실로 초대해 차를 마시는 장소로 쓰인다는 것을 케이트 페이턴은 분명히 알 수 있었다. 페이턴 부인은 최근 클레먼스 버니에 대한 이야기를 아주 많이 들어왔다. 딕은 성격이 활달했고, 어머니와 무척 친밀했다. 그런 친밀함은 그의 아버지가 일찍 사망하면서 더욱 강해졌다. 그 친밀함은 학교 시절과 대학 시절에 자연스럽게 조금 줄어들었다가 최근 파리에서 사 년 동안 함께 살면서 다시 회복됐다. 아들이 보자르*에서 유학하는 동안 페이턴 부인은 뤼 드 바렌**에 조그마한 아파트를 얻어 생활했다. 여성들 중에는 아들의 삶에 너무 두드러지게 역할을 한다고 케이트 페이턴을 비난하는 사람이 없지 않았다. 젊은이들이 자유롭게 세상 물정에 판단을 내리도록 내버려 두는 게 좋다고 입을 모으는 시기에 그녀가 뒤로 물러서지 않는다고 말이다. 만약 페이턴 부인이 자기 입장을 방어한다면 딕은 다른 사람들과 소통은 잘하지만 감수성이 예민하지 않다고, 또 그녀의 냉소를 무시할 만큼 기질이 강인해 그녀의 편견을 물리칠 수 있다고 말할 것이다. 딕은 분명히 어머니의 치마 끝을 붙들고 살아가는 그런 나약한 아들이 아니었다. 오히려 겉으로 보기에는 단호하고 자족적인 젊은이로 어머니와의 낭만적 우정은 각이 진 젊음에 온화함이라는 베일을 씌워주

---

* 프랑스 최고의 미술 대학 중 하나.
** 파리 7구 앵발리드 지구에 있는 거리.

는 역할을 할 뿐이었다.

하지만 페이턴 부인은 결국 진짜 변명을 한 번도 하지 않으려 했다. 매우 요령 있고 신중하게, 하지만 마찬가지로 집요하게 그녀가 아들의 성장 과정 하나하나에 매달린 것은 아들과의 친밀한 관계가 그녀의 삶에 필요했기 때문이었다. 그녀는 언제나 딕에게 손이 미치는 곳에 있으면서도 결코 방해가 되지 않으려 무척 노력하면서 시치미를 떼기도 하고, 그녀 자신에게 적응하기도 하고, 또 자신의 젊음을 되찾기도 했다.

데니스 페이턴은 결혼한 지 칠 년 뒤 그의 아들이 겨우 여섯 살밖에 되지 않았을 때 사망했다. 그 칠 년 동안 그는 의붓동생에게 유산으로 물려받은 재산을 대부분 탕진했다. 그래서 그가 죽자 미망인과 아들에게는 재산이 얼마 남지 않았다. 남편이 살아 있는 동안 페이턴 부인은 겉으로 보기에는 그의 지출을 말리려고 노력하지 않은 것 같았다. 그래서 늘 이웃들의 동기를 평가하려는 분별력 있는 사람들은 그녀가 자신의 야망을 충족하려고 가련한 데니스의 낭비를 부추겼다고 비난하기도 했다. 실제로 결혼 초기에 그녀는 남편을 정치에 입문시키려 했고, 치열한 첫 경선 때 어쩌면 그의 자금을 다소 과도하게 사용했는지도 모른다. 하지만 데니스의 실험들이 그런 경향이 있듯 그 역시 실패로 끝나자 케이트는 더는 그의 재정에 부담을 주지 않았다. 그녀의 개인적 취향은 사실 보기 드물게 단순했다. 하지만 그녀를 비판하는 사람들의 생각에, 돈에 대한 그녀의 솔직한 무관심은 남편을 견제할 행동처럼 보이지 않았다. 결과적으로 데니스가 사망하자 케이트는 곤경에 빠졌고, 그녀는 그 일에서 교훈을 얻을 수밖에 없었다.

케이트 페이턴 부인의 적은 재산과 아들 교육에 대한 책임은 미망인이 사회적으로 멀리 떨어진 교외에서 은둔 생활을 할 수 있는 구실이 됐다. 교외에서 그녀는 이상한 음식을 먹고 기성품 구두를 신으면서 그동안 경솔하게 운명을 거역한 것을 속죄한다고 여겨졌다. 페이턴 부인의 속죄가 이런 형태를 띠었든 띠지 않았든, 그녀는 딕이 가장 좋은 교육을 받을 수 있을 뿐 아니라 하버드대학교를 졸업한 뒤 파리의 보자르에서 사 년 더 공부할 수 있도록 재산을 축적했다. 아들이 일찍부터 특별한 분야에 소질을 보이자 그녀는 몹시 기뻐했다. 그녀는 아들이 단순히 돈만 버는 사람으로 전락하는 걸 차마 볼 수 없었을 것이다. 하지만 그들의 적은 재산 때문에 장식품과 같은 여유를 누리지 못해도 그다지 섭섭해하지 않았다. 대학 시절 딕은 지나치게 다양한 취향을 지녀 어머니에게 걱정을 끼쳤다. 그는 한 형태의 예술 표현에서 다른 형태의 예술 표현으로 끊임없이 옮겨 갔다. 어떤 예술을 좋아하든 그는 실행에 옮기고 싶어 했고, 그래서 음악에서 미술로, 미술에서 건축으로 넘어갔다. 그의 어머니에게 이토록 쉬운 이동은 재능이 지나치다기보다는 목표가 결여된 것으로 비쳤다. 그녀가 보기에 이런 취향의 변화는 흔히 자기비판 때문이 아니라 어떠한 외부 사정에 기인한 것이었다. 딕의 작업을 조금이라도 낮게 평가하면 그에게 특정 형태의 예술을 추구할 필요가 없다고 확신을 주기에 충분했다. 또한 그런 반응은 그가 다른 어떤 분야에서는 두각을 나타낼 것이라는 확신을 즉시 심어줬다. 딕은 한 분야에서 다른 분야로 옮겨 다녔다. 그러다가 마침내 대학을 마칠 무렵 명확한 연구 분야에 경쟁이라는 자극을 결합하면 갈피를 잡지 못하는 적성을 바로잡을지 모른다는 희망에 딕의 어머니는 그를 보자르로 보내기로 결심했다. 결과는 그녀가 기대한 것만큼 만족스러웠다. 뤼 드 바렌에서 보낸 사년은 그녀가 아들에 대한 믿음을 확인한 가장 행복한 시절이었다. 딕의 능력은 그의 어머니뿐 아니라 그의 교수들도 인정했다. 그는 작업에 몰두했고 첫 성공을 거두자 적응력을 계발해 나갔다. 아들에게 여전히 칭찬이 필요하다는 것이 어머니의 유일한 걱정거리였다. 실패에 직면하면 그의 야심이 얼마나 오래 그를 지탱해줄 수 있을지 확신이 서지 않았다. 그는 보답이 확실한 경우에는 아낌없이 내줬지만, 인정을 받지 않고서도 무엇인가를 만들어낼 수 있는지는 두고 볼 일이었다. 케이트 페이턴 부인은 물질적 보상을 건전하게 경멸하도록 딕을 훈육했다. 이런 목적에서 그의 본성은 그녀의 훈육을 도와준 것 같았다. 그는 진정으로 돈에 무관심했고, 그가 아름다움을 즐기는 것은 다행스럽게도 물질을 소유하고 싶다는 소망을 갖게 하지 않았다. 내면의 눈에 생각거리가 있는 한, 그는 주위의 여러 결핍에 별로 마음을 쓰지 않았다. 아니면 주변 아름다움의 총량에서 그가 초조한 개인적 욕망에서 벗어나게 해주는 완미(玩味)의 소유권을 깨달았다고 말하는 쪽이 옳을지도 모른다. 이처럼 페이턴 부인은 딕이 지나치게 물질 조건을 무시하도록 훈육했다. 하지만 지금은 그렇게 하여 천성적으로 고양된 기질에 너무 큰 부담을 주지는 않았는지 자문하기 시작했다. 다른 경향을 경계하면서 그녀는 어쩌면 환경 탓에 보기 드물게 그녀 자신이 계발한 그런 자질만을 딕에게 유독 강요했는지도 모른다. 그의 열의와 그의 경멸은 둘 다 행운의 기습에 가장 좋은 방어 기제가 되는 중용적인 성격에는 적절하지 않았다. 만약 그녀가 아들에게 이상적인 보답에 지나치게 가치를 두도록 가르쳤다면, 그것은 그녀의 두려움이 늘 놓여 있던 위험점을 바꿔놓은 것에 지나지 않았던가? 그녀는 사랑과 평생에 걸친 경계심이 조상에게서 물려받은 성향을 비껴가는 데 얼마나 무력한지 생각하고는 가끔 몸서리칠 때가 있었다.

페이턴 부인의 두려움은 뉴욕에서 딕과 이 년 동안 함께 살며 그가 전문 건축가로 직업을 시작하면서 어느 정도 확인됐다. 학생 신분에서 오는 손쉬운 승리에 이어 일반 고객들의 무관심이라는 차가운 반응이 뒤따랐다. 파리에서 돌아오자 딕은 뉴욕시의 사무실에서 몇 해 동안 실무 경험을 쌓은 한 건축사와 제휴했다. 하지만 조용하고 근면한 질은 새 회사에 그의 전 채용자의 업무에서 남아나는 몇몇 작은 일들을 끌어올 수는 있었지만, 페이턴의 재능에 대한 그 자신의 신뢰가 일반 고객들에게 영향을 미치게 할 수는 없었다. 궁궐 같은 건축물을 지을 수 있는 천재의 노력을 교외의 작은 주택을 짓거나 개인 주택의 비용이 저렴한 개조를 설계하는 데 제한한다는 것은 견딜 수 없는 노릇이었다.

페이턴 부인은 재능을 발휘해 아들의 용기를 계속 유지하는 데 모든 애정을 쏟았다. 그녀는 이 사업을 하는 데 딕이 보자르에서 알고 지냈고, 페이턴 모자보다 이 년 일찍 뉴욕에 돌아와 건축가로 사업을 시작한 한 친구의 도움을 받았다. 폴 대로우는 세련되지는 못해도 진지한 젊은이로 발버둥 치며 열심히 일하고 고향인 북서부 주*에서 공부한 뒤 장학금을 받아 보자르에서 유학했다. 폴이 보자르에 머문 이 년은 딕의 초기 체류 기간과 일치했고, 대로우의 재능은 즉시 그보다 나이가 어린 학생의 주의를 끌었다. 딕은 경쟁자의 재능에 감탄하는 데 인색하지 않았고, 그런 관용을 낭만적으로 함양하는 경향이 있는 페이턴 부인은 젊은 학생을 아주 친절하게 환대하여 아들의 의욕을 거들었다. 그래서 대로우는 고맙게 생각하며 페이턴 모자의 조그마한 아파트에 자주 드나들었다. 그들이 뉴욕에 돌아온 뒤 젊은이들의 친밀한 관계가 다시 시작됐다. 페이턴 부인은 딕의 친구를 격식을 따지 않고 뤼 드 바렌에 초대하

---

* 태평양 연안과 캐나다에 인접한 주들. 오리건, 워싱턴, 아이다호, 몬태나, 와이오밍이 이에 해당한다. 대서양 쪽에 있는 뉴욕과 뉴잉글랜드 지역과는 역사적으로나 문화적으로 큰 차이가 있다.

는 것보다 뉴욕 아파트의 거실로 초대하기가 더 어렵다는 걸 알고 있었다. 물론 은둔한 채 아들의 학업에 전념하던 그녀는 대로우에게 거의 동료 학생처럼 보였다. 하지만 지인들 사이에서 그녀는 다시 한번 상류 사회의 여성이 됐고, 그녀의 여유로움과 대로우의 어색함 때문에 그들 사이에는 장벽이 가로놓여 있었다. 예민한 감각으로 대로우가 소외된 원인을 알아차린 페이턴 부인은 한 순간도 그것이 두 젊은이의 우정에 영향을 끼치도록 내버려 두지 않았다. 그녀는 딕이 대로우를 자주 찾아가도록 격려했다. 그녀는 대로우에게서 사교적으로는 우유부단한 그의 성격과 이상하게 대조되는 끈기 있는 노력, 예술적 자긍심을 감지했다. 업무에 대한 대로우의 모범적인 집착은 그녀의 아들이 바로 꼭 본받았으면 하는 그런 영향이었다. 만약 대로우가 그들에게 찾아오지 않으면 그녀는 딕이 그를 찾게 했고, 어떠한 사회적 차이가 그보다 좀 더 깊은 것에 기반을 둔 우정에 영향을 끼칠 수 있다는 생각이 조금도 들지 않도록 했다. 친구에 대한 의리에다, 친구의 성공에 솔직한 자부심을 느끼는 딕에게 친밀한 관계를 유지하도록 굳이 부추길 필요는 없었다. 딕이 한밤중에 대로우의 숙소에서 대화를 나눈 내용을 자세히 보고하자 페이턴 부인은 눈에 보이지 않는 친구에게 강력한 동업자가 생겼다는 것을 알았다.

그래서 대로우의 영향이 한 젊은 아가씨의 영향에 좌절되는 것은 아니더라도 공유되고 있다는 사실을 시간이 지나면서 깨닫게 되자 조금 충격이었다. 딕은 지금 처음으로 그 아가씨를 위해 직업상 차를 대접하고 있었던 것이다. 페이턴 부인은 처음에는 흔히 그런 정보를 제공해주는 사람들에게서, 좀 더 최근에는 아들에게서 미스 클레먼스 버니에 대한 이야기를 상당히 많이 들었다. 클레먼스에 대한 소문이 자기에 앞서 먼저 돌았을 것으로 감지한 딕은 평소처럼 어머니에게 비밀로 이야기해 그녀를 무장 해제시키는 방법을 택했다. 그녀에 관한 정보는 많지만 그들은 복잡하고도 상충됐고, 심지어 페이턴 부인이 직접 그 아가씨를 만났는데도 명확한 판단을 내리는 데 도움이 되지 않았다. 행동과 생각에서 미스 버니는 누가 봐도 '신식 여성*'에 속했다. 즉 활동은 열광적이고 판단은 광범위한 여성으로 바로 그 융통성 때문에 정의를 내리기가 어려웠다. 페이턴 부인은 통찰력이 있어 환경의 우연적 요소를 참작할 수 있었다. 그녀가 알고 싶은 것은 미스 버니의 변하기 쉬운 겉모습 밑에 가라앉아 있는 성격이었다.

"예쁘구나."

페이턴 부인은 아들의 데스크에 놓인 큼직한 꽃병에 담긴 국화를 흐트러뜨리며 다시 한번 반복했다. 딕은 웃고는 손목시계를 쳐다봤다.

---

* 19세기 말과 20세기 초 미국에서 여성과 여성성에 관한 새로운 이미지가 형성되기 시작했다. 노동, 사회 활동, 교육, 정치, 결혼 같은 영역에서 새로운 형태의 젠더 기준과 역할이 생겨났다.

"십오 분을 더 기다리셔도 도착하지 않을 것 같은데요. 그들이 도착하기 전 질더러 작업실을 정리하라고 말해야 할 것 같아요."

"공모전에 나갈 드로잉도 우리에게 보여줄 거니?"

어머니가 물었다. 딕은 미소를 지으면서 고개를 내저었다.

"그럴 순 없을 거예요. 아시다시피, 보자르 친구 한두 명에게 부탁했거든요. 게다가 대로우 녀석이 올 거예요."

"불가능한 일이야!"

페이턴 부인이 큰 소리로 외쳤다.

"어젯밤 오겠다고 맹세했어요. 그 녀석도 미스 버니를 보고 싶은 것 같아요."

딕이 살짝 자기만족을 느끼면서 다시 웃었다.

"아!"

그의 어머니가 나지막하게 중얼거렸다. 그러고는 잠시 말을 멈추더니 이렇게 덧붙였다.

"대로우가 정말로 이 공모전에 참가하는 거야?"

"그런 셈이죠! 네, 그렇고말고요! 그 녀석은 엄청나게 열심히 일하잖아요."

페이턴 부인은 생각에 잠긴 듯한 손으로 머프*를 돌리며 앉아 있다가 마침내 입을 열었다.

---

* 여성용의 원통형 모피로 그 안에 두 손을 넣는 방한 용구.

피난처

"대로우가 그렇게 하는 게 좋은 일인지 잘 모르겠구나."

그녀의 아들은 믿기지 않는다는 듯 어머니를 쳐다보며 그녀 앞에 섰다.

"**어머니**!"

딕이 큰 소리로 나무라자 그녀는 이마를 붉혔다.

"글쎄다. 너희들의 우정을 생각하면, 그리고 모든 일을 생각하면."

"모든 일이라니요? 모든 일이라니 그게 무슨 뜻이에요? 대로우가 저보다 더 능력 있고, 그래서 저보다 더 성공할 것 같다는 말인가요? 우리 중 누구보다도 그 녀석이 훨씬 더 돈이 필요하고 성공해야 한다는 말인가요? 그런 이유 때문에 어머니는 그 녀석이 이 일에 참여해선 안 된다는 건가요? 어머니! 전 지금껏 어머니가 옹졸한 말씀을 하시는 걸 한 번도 들어본 적이 없어요."

그녀의 홍조는 진홍색으로 변했고, 그녀는 웃으면서 안절부절못하고 자리에서 일어났다.

"그래 내가 **옹졸했어**."

그녀가 한발 물러섰다.

"너 때문에 내가 질투하는 것 같구나. 난 이런 경쟁은 끔찍이 싫구나!"

그녀의 아들은 어머니를 안심시키듯 미소를 지었다.

"그러실 필요 없어요. 전 겁나지 않아요. 이번에는 제가 훌륭히 해낼 것 같아요. 사실 폴이 제가 두려워하는 유일한 사람이에요.

저는 언제나 폴이 두려워요. 하지만 폴이 이 공모전에 참여한다는 사실만으로도 엄청난 자극이 돼요."

딕의 어머니는 계속 부드러우면서도 걱정스러운 듯 그를 자세히 살펴봤다.

"전체 계획을 완전히 세운 거니? 벌써 그 계획을 **파악하고** 있는 거야?"

"아, 그럼요. 대충은 파악하고 있어요. 여기저기 틈은 있죠. 조금 애매한 부분이 있거든요. 제가 지금껏 해결해야 할 가장 어려운 문제였어요. 하지만 이번 일은 제게 가장 좋은 기회고, 전 정말로 훌륭히 **해결해야** 해요!"

페이턴 부인은 그의 상기된 얼굴과 반짝이는 눈을 쳐다보며 잠자코 앉아 있었다. 경주를 막 시작하는 달리기 선수의 얼굴과 눈이라기보다는 결승선에 거의 다다른 승자의 얼굴과 눈이었다. 그녀는 언젠가 아들에 대해 대로우가 한 말이 생각났다. "딕은 결과를 늘 너무 일찍 내다봐요."

"너한테는 시간이 그렇게 많이 남아 있지 않아."

그녀가 중얼거렸다.

"딱 일주일 남았죠. 하지만 이 일 이후론 이보다 더 성공할 순 없을 거예요. 전 이 세상을 등질 거예요."

그는 미소를 지으며 예쁜 차 테이블과 나무로 가린 데스크를 응시했다.

"제가 다음번에 나타날 때는 발꿈치로 폴의 목덜미를 누르거나, 가련한 폴 녀석! 그게 아니라면, 그게 아니라면 목숨이 끊긴 채 경기장 밖으로 질질 끌려 나갈 거예요."

딕이 "아, 목숨이 끊어지지는 않겠군요" 하고 웃으며 말을 끝내자 그의 어머니는 불안한 듯 따라 웃었다.

딕의 얼굴이 흐려졌다. 이윽고 그가 중얼거렸다.

"그러면 평생 병신이 되겠군요."

페이턴 부인은 아무런 대답도 하지 않았다. 지난 몇 주 동안 그를 사로잡은 공모전에서 승리할 가능성에 얼마나 많은 것이 달려 있는지 그녀는 잘 알고 있었다. 공모전은 새로 문을 열 조각 미술관의 디자인으로, 뉴욕시는 최근 그 계획에 오십만 달러를 결의했다. 딕의 취향은 당연히 웅장한 것 쪽으로 기울었다. 공공건물의 건설은 그에게 늘 야망의 대상이었다. 지금 그런 기회가 왔고, 딕은 그런 유형의 경쟁에서는 가장 풋내기 신인에게도 가장 명성 있는 기존 회사 못지않게 이길 가능성이 있다는 걸 잘 알고 있었다. 공모전에 참가하는 모든 사람은 그 자신의 장점으로 응모하는 것이고, 설계도는 응모자들의 이름을 모른 채 투표로 결정하는 건축가들로 구성된 심사 위원회에 제출되기 때문이다. 딕은 성격상 오래된 건축 회사들을 두려워하지 않았다. 어머니에게 말했듯이 폴 대로우가 사실 그가 두려워하는 유일한 경쟁자였다. 페이턴 부인은 자신감이 어느 정도까지는 좋은 징조라는 걸 알고 있었다. 하지만 웬일인지 아들의 자신감이 실속 있다고는 느껴지지 않았다. 크기만 하지 부피가 없는 것 같았다. 건축가로 성공하려는 아들의 열망 저변에는 그 성공에 미스 버니의 총애가 걸려 있다는 생각이 자리 잡고 있을지 모른다는 의구심으로 그녀의 두려움은 더욱 복잡해졌다. 어쩌면 딕이 자신의 야심에 열정적인 것도 그 사실 때문인지도 몰랐다. 페이턴 부인은 어머니의 걱정이라는 차원에서 그의 미래를 관찰하면서 주로 그 아가씨가 그 일을 어떻게 보느냐에 상황이 달려 있다고 간파했다. 그래서 클레먼스 버니가 당선을 어떻게 생각하는지 알 수만 있다면 기꺼이 무엇이라도 희생할 것이었다.

미스 버니

2

 배경으로 작용하는 냉담하고 이목을 끄는 젊은 기혼 여성에 이어 곧 나타난 생생한 외형의 미스 버니는 당장에 그녀에게서 얻을 수 있는 정보를 줄 능력이 있는 것처럼 보였다. 페이턴 부인은 그녀보다 더 기민하고 유능한 여성을 만나 본 적이 한 번도 없었다. 얼음이 녹는 듯한 우아한 선과 색깔은 젊음이라는 매력적인 안개로 그녀의 모난 부분을 부드럽게 했다. 하지만 미스 버니를 비판적으로 보는 사람의 눈에는 나이 든 여성이 그날 아침 안개를 헤치고 나온 것 같았다.
 만약 미스 버니가 딕의 환대에서 어떤 개인적 목적을 의심했더라면 그녀는 자의식이라는 일반적 징표를 드러내지 않았을 것이다. 그녀의 태도는 보통보다 조금 더 생생할지 모르지만 그녀는 시선을 안정되게 처리하고 언어를 훌륭하게 구사했다. 그래서 재빠르게 말하면서도 당황하지 않고 침착하게 사태를 파악하고 있다는 걸 짐작할 수 있었다. 그녀는 회사 주인이 근면하다는 여러 증거에 대해 아낌없이, 그러나 무분별하지는 않게 관심을 보였다. 다른 손님들이 모여 미로 같은 도면과 청사진을 훑어보며 막연하게 소리를 지르는 동안 페이턴 부인은 오직 미스 버니만이 이런 상징들이 무엇을 의미하는지 잘 알고 있다는 걸 알아차렸다.

공모전에 출품할 도면을 보여달라는 방문객의 요청에 딕 페이턴은 웃으면서 거절했다. 옷차림과 어휘에서 아직도 보자르의 흔적이 남아 있는 두 젊은 동료 건축가들도 그의 거절을 거들었다. 두 건축가는 가바르니*의 태도로 주위에 서서 페네스트라**와 엔타시스***에 대한 언급으로 귀부인들을 감탄하게 했다. 일행이 벌써 차 테이블로 어슬렁거리며 되돌아갔을 때 망설인 듯한 노크와 함께 대로우가 나타났다. 흔히 그러하듯 그는 실수로 잘못 들어온 듯한 태도로 방에 들어왔다. 폴은 자신의 모자와 두꺼운 외투 차림에 당황한 데다 항아리 주위에 모여 있는 귀부인들에게 소개되면서 어쩔 수 없이 더더욱 혼돈에 빠졌다. 남자들에게는 퉁명스럽게

---

* Paul Gavarni, 1804~1866. 파리에서 출생한 화가이자 판화가로 오노레 도미에와 귀스타브 도레 등과 함께 19세기 프랑스의 대표적 삽화가로 손꼽힌다.
** 건축에서 창을 내는 작업.
*** 고대 그리스와 로마 건축에서 볼 수 있는 기둥 중간의 불룩 나온 부분.

고개를 끄덕여 동료 의식을 표했다. 딕은 폴에게 거추장스러운 일을 덜어주려 그를 페이턴 부인이 방문객을 환영하는 곳으로 피신하게 해주었다. 페이턴 부인은 사려 깊게 딕에게 정신을 가다듬을 시간을 줬다. 그녀가 딕에게 고개를 돌리자 그는 미스 버니를 은밀하게 살피고 있었다. 미스 버니의 거무스름한 가냘픈 몸매는 사무실의 텅 빈 벽을 배경으로 두드러져 보여 마치 도나테로*가 조각한 젊은 시절의 세례자 요한과 닮아 보였다. 그녀는 뚜렷한 시선으로 그의 시선에 답했다. 일행이 곧 다시 흩어지자 페이턴 부인은 미스 버니가 대로우 옆으로 어슬렁거리며 걸어가는 것을 보았다. 마침내 방문객들은 딕의 수채화 포토폴리오를 보러 작업실로 되돌아갔다. 하지만 페이턴 부인은 항아리 뒤에 그대로 앉은 채 열린 문을 통해 방문객들이 서로 주고받는 대화에 귀를 기울이는 한편, 그녀가 느낀 여러 인상을 정리하려 노력했다.

페이턴 부인이 보기에 미스 버니는 딕의 작업에 진지하게 흥미를 느끼고 있었다. 의구심으로 남아 있는 것은 그녀가 느끼는 흥미의 본질이었다. 이런 의구심을 떨치려는 듯 미스 버니는 곧 혼자서 문지방에 다시 나타났고, 페이턴 부인을 발견하고는 미소를 지으며 그녀에게 다가갔다.

---

* Donatello, 1386?~1466. 이탈리아 피렌체 출신의 르네상스 시대 조각가로 〈그리스도상〉, 〈막달라상〉, 〈세례자 요한상〉 등의 작품으로 유명하다.

피난처 **87**

"저희가 페이턴 씨의 작품을 칭찬하는 걸 듣는 게 싫증이 나셨나 보죠?"

여주인 옆에 놓인 낮은 의자에 앉으며 미스 버니가 물었다.

"무지한 칭찬은 예술을 이해하는 사람들에게는 지루할 수밖에 없죠. 대로우 씨에게 부인께서 아드님 못지않게 조예가 깊다고 들었습니다."

페이턴 부인은 미소로 답했지만 그 질문에는 아무런 답도 하지 않았다.

"이런 말 하기 미안합니다만, 내 생각에는 아가씨의 칭찬이 무지해 보이는군요. 내 아이의 작품을 이해하는 사람들이 제대로 평가해줬으면 해요."

"아, 저는 수박 겉핥기식 어설픈 지식밖엔 없어요. 제가 왜 아드님의 작품을 **좋아하는지** 알 것 같아요. 하지만 대로우 씨 같은 누군가가 그의 작품이 얼마나 훌륭한지 말할 때 저는 그 작품 속에서 확실히 더 많은 걸 볼 수 있답니다."

미스 버니가 무관심하게 대꾸했다.

"대로우 씨가 그렇게 말하던가요?"

딕의 어머니는 갑자기 모성의 기쁨이 일어나 그만 말하려던 목적을 잃고 큰 소리로 물었다.

"그 말밖에는 하지 않았어요. 그 사람의 혓바닥에는 그 말밖에는 할 말이 없는 것 같아요. 그가 자기가 공모전에 입선되기보다는 부인의 아드님이 입선되기를 열렬히 바라고 있다는 생각이 들더군요."

"그 젊은이는 아주 좋은 친구죠."

페이턴 부인이 맞장구를 쳤다. 부인은 젊은 아가씨가 대로우의 설계도를 자기에게 관심 있는 쪽으로 특별히 적용할 수 있는지의 문제로 다시 화제를 돌리는 방식에 놀랐다. 그녀에게는 숙녀인 척 술책을 부리는 태도가 전혀 없었다. 미스 버니가 계속 말을 이어 나갔다.

"대로우 씨는 페이턴 씨가 **반드시** 입선할 거라고 확신하고 있어요. 그 이유를 듣는 게 흥미롭더군요. 그 사람은 보기 드물게 흥미로운 사람이죠. 그런 친구를 둔다는 게 엄청난 격려가 되는 게 틀림없어요."

페이턴 부인은 잠시 머뭇거렸다.

"우정이란 좋은 것이죠. 하지만 우리 아들에겐 그런 격려가 필요한 것 같지는 않아요. 우리 아들은 아주 야심만만하니까요."

미스 버니는 밝은 표정으로 고개를 쳐들었다.

"그게 어디 쉬운 일인가요! 야심이란 더할 나위 없이 좋은 거죠. 남자가 돼서 여러 장애물을 뚫고 자신이 추구하는 목표를 향해 돌진한다는 건 참으로 멋져요. 저는 성공에 좌우되지 않는 사람들을 별로 좋아하지 않거든요. 저는 납치 결혼을 좋아해요!"

그녀는 종잡을 수 없이 웃으면서 자리에서 일어나 상기되고 반짝이는 얼굴로 페이턴 부인 위에 섰다. 그러자 페이턴 부인은 계속해서 그녀를 빤히 쳐다봤다.

"아가씨가 생각하는 성공이란 뭔가요? 그 말에는 여러 다른 의미가 있잖아요."

"아, 물론이죠. 제가 알기론 내면적인 승인이니 뭐니 하는 그런 거예요. 한데, 저는 다른 종류의 성공이 좋아요. 즉 북을 둥둥 두드리고 목에 화환을 걸어주고 환호하는 것 말이죠. 가령 제가 페이턴 씨라면 그 공모전에서 입선하고 싶을 거예요. 대로우 씨처럼 그렇게 무관심하기보다는 말이죠."

페이턴 부인은 미소를 지었다. 그러고는 농담 반 진담 반으로 말했다.

"그 아이한테는 그렇게 말하지 않았으면 좋겠어요. 그러지 않아도 벌써 지나치게 자극받고 있으니까요. 남의 말에 쉽게 좌우되거든요. 특히 그 아이가 의견을 높이 평가하는 사람들의 말이라면 말이죠."

페이턴 부인은 갑자기 말을 멈췄다. 이상하리만큼 속으로 충격을 느끼며 그녀는 다른 남성의 어머니가 언젠가 자기에게 했던 말을 메아리처럼 읊조리고 있었다. 페이턴 부인에게 공평한 동정의 눈길을 보내는 것으로 보아 미스 버니는 이 말을 자기 자신에 대한 언급으로 받아들이는 것 같지는 않았다.

"하지만 우리는 흥미를 느끼지 않을 수 없어요!"

미스 버니가 선언하듯 말했다.

"아주 친절하군요. 하지만 이번 공모전이 다른 일들과 비교했을 때 결국 별로 중요하지 않다는 사실을 그가 느끼도록 도와줬으면 좋겠어요. 예를 들면 그 아이의 건강과 마음의 평화 같은 것과 비교해서 말이죠. 그 아이는 아주 기진맥진해 보이거든요."

그러자 미스 버니는 어깨 너머로 대로우 옆에서 사무실로 막 들어오고 있는 딕을 힐끗 바라봤다.

"아, 그렇게 생각하세요? 전 기진맥진해 있는 건 그의 친구분이라고 생각합니다만."

페이턴 부인은 놀라서 미스 버니의 시선을 따라가 봤다. 페이턴 부인은 너무 다른 일에 몰두해 있어 대로우를 미처 알아보지 못했다. 그의 투박하게 생긴 얼굴은 늘 분명치 않은 색조를 띠고 있는 데다 천천히 움직이는 잿빛 눈은 어쩌다 드물게 커지는 때를 제외하고는 별로 눈에 띄지 않았다. 지금 그의 얼굴은 쑥 들어간 데스마스크*의 윤곽을 하고 있었고, 얼굴에는 딕을 향해 짓는 미소만이 살아 있는 것 같았다. 그 모습을 보자 페이턴 부인은 양심의 가책을 느끼며 가슴이 철렁했다. 가련한 대로우! 정말 그는 끔찍하게 녹초가 된 것처럼 보였다. 마치 누군가가 보살펴주고 어루만져주고 맛있는 음식을 줘야 할 것처럼. 그가 어떻게 살아가는지 정확히

---

* 사람이 죽은 직후에 밀랍이나 석고로 그 얼굴을 본떠서 만든 안면상.

"신선한 차 한 잔을 만들어줄게."

게 아는 사람은 아무도 없었다. 딕의 말에 따르면 그의 방에는 난로도 없고 청소도 하지 않는다고 했다. 하지만 대로우는 그가 경제적 어려움에서 구해준 집 주인이 다른 숙박인들을 구할 수 없어 그대로 살고 있다는 것이다. 그는 어떤 클럽에도 속해 있지 않았고, 이상하게도 친구들의 환대를 거절한 채 식사를 하러 혼자서 이곳저곳을 헤맸다. 누가 봐도 돈이 없어 보였고, 딕은 그가 수입을 고향 마을에 살고 있는 숙모에게 보낸다고 추측했다. 하지만 대로우는 그런 문제에 대해서는 도무지 말이 없어 건축가로서 직업 외는 개인적 삶이 없는 것 같았다.

미스 버니의 동료가 곧 그녀에게 시간이 많이 지났다고 알리자 방문객 모두가 사무실을 떠났고, 마지막으로 딕이 귀부인들을 마차까지 동반했다. 한편 대로우는 우물쭈물하며 두터운 외투를 입고 있었는데 그럴 때마다 늘 땀이 날 정도로 쩔쩔맸다. 페이턴 부인은 외투를 입고 있는 그를 발견하고는 잠시 대화를 나눌 시간을 달라고 했다.

"신선한 차 한 잔을 만들어줄게."

그녀가 말하자 대로우는 얼굴을 붉히며 외투를 벗었다.

"딕이 돌아오면 함께 걸어서 같이 우리 집으로 가기로 해. 이번 겨울엔 네게 두 마디 말을 할 기회도 없었잖아."

대로우는 그녀 옆 의자에 앉아서 불안한 듯 구두를 빤히 쳐다봤다.

"저는 지금껏 엄청나게 일에 열중해왔어요."

"나도 알고 있어. **너무나** 일에 열중했지. 딕 말로는 공모전 설계도를 만들면서 몸이 녹초가 됐다더구나."

"아, 이제 쉴 시간이 생겼어요. 오늘 아침에 설계도를 마무리했거든요."

페이턴 부인은 잠깐 그를 쳐다봤다.

"그렇다면 네가 딕보다 앞서 있구나."

"시간상으로만 본다면 그렇죠."

그가 미소를 지으며 말했다.

"그건 그 자체로 유리한 점이지."

그녀가 조금 신랄하다 싶게 대답했다. 공평하려 애썼지만, 순간 그녀는 대로우를 아들의 진로를 가로막는 방해물로 간주할 수밖에 없었다.

"공모전이 빨리 끝났으면 좋겠구나! 너희 둘 모두 기진맥진해 있는 모습을 보는 게 끔찍해."

자기 목소리가 속마음을 드러냈다고 의식하며 그녀는 큰 소리로 외쳤다.

대로우는 그녀가 고의로 자신을 포함한 것을 알았는지 또다시 미소를 지었다.

"아, **딕은** 괜찮아요. 이제 곧 몸을 추스를 수 있을 거예요."

그는 힘주어 말했다. 만약 자기 아들에 대한 암시로 그녀의 동정심이 또다시 굴절되지 않았더라면 그렇게 힘을 준 것에 그녀는 감동받았을지도 모른다.

"그 녀석이 입선하지 못한다면 괜찮지 않을 거야."

그녀가 큰 소리로 말했다. 대로우는 그녀가 따라준 차를 마셨다. 차를 우아하게 마시려고 열중한 나머지 그만 숟가락을 마룻바닥에 떨어뜨리고 말았다. 허리를 굽혀 숟가락을 집으려다 그가 어깨로 차 테이블을 쳐서 컵들이 넘어질 듯 춤을 췄다. 어느 정도 평정을 되찾은 그는 뜨거운 차를 한 모금 마신 뒤 숨을 헐떡이며 찻잔을 테이블 가장자리 근처에 내려놓았다. 페이턴 부인은 찻잔을 붙잡았고, 대로우는 찻잔의 존재를 잊은 듯 자리에서 일어나 방안을 서성거리기 시작했다. 말할 때면 언제나 그는 가만히 앉아 있기가 어려웠다.

"어머님 말씀은, 딕이 그 일에 너무 집중한다는 건가요?"

그가 갑자기 말했다. 페이턴 부인은 머뭇거렸다.

"너도 그 아이를 나만큼이나 잘 알고 있잖니. 그 애는 성공할 가능성이 있는 일이라면 무슨 일이든 해낼 수 있지. 하지만 난 늘 그 반응이 두렵구나."

"아, 딕도 이제 성인이에요. 게다가 그는 성공할 거고요."

대로우가 퉁명스럽게 말했다.

"난 딕이 그 일에 너무 확신을 갖지 않았으면 좋겠어. 물론 내가 딕을 걱정한다고 생각하지는 말거라. 그 아이는 이제 성인이고, 나는 딕이 다른 성인들과 함께 기회를 잡기를 원해. 하지만 다른 사람들이 어떻게 생각하는지를 너무 많이 신경 쓰지는 않았으면 좋겠거든.”

"다른 사람들이라고요?"

"미스 버니 말이지. 너도 알고 있다고 생각하는데.”

대로우는 그녀 앞에서 잠시 걸음을 멈췄다.

"네, 알고말고요. 딕은 그 여자에 대해 많이 얘기했어요. 미스 버니가 아드님이 입선하기를 원한다고 생각하세요?”

"어떤 대가를 치르더라도 말이지!”

그는 이마를 찡그렸다.

"대가라니 뭘 두고 말씀하시는 거죠?”

"글세, 이 경우엔 그 여자 자신이 아닐까 싶은데.”

대로우는 허리를 굽히고 어리둥절해 그녀를 빤히 쳐다봤다.

"사모님 말씀은, 미스 버니가 이 공모전을 그토록 중요하게 생각한다는 건가요?”

"그 아가씨는 이 공모전을 상징적인 것으로 간주하는 것 같아. 내가 추측하기론 말이지. 아마 우리 아이에게도 똑같은 인상을 줬을 거야.”

대로우의 푹 꺼진 얼굴에 보기 드물게 미소가 번졌다.

"아, 그렇다면 딕은 아마 훌륭히 해낼 수 있을 거예요!”

페이턴 부인은 마음이 산란한 듯 한숨을 쉬며 자리에서 일어섰다. 그러고는 큰 소리로 말했다.

"그런 동기에서라면 그 아이가 잘해내기를 진정으로 바라진 않아."

"딕의 작품에는 그런 동기가 드러나지 않을 거예요."

대로우가 말했다. 적절한 말을 찾으려는 듯 잠시 말을 멈췄다가 이렇게 덧붙였다.

"딕이 미스 버니를 꽤 많이 생각하는 것 같군요."

페이턴 부인은 생각에 잠겨 그를 응시했다.

"그 아가씨에 대한 **네** 생각을 알고 싶구나."

"아, 전 그 아가씨를 한 번도 본 적이 없어요."

"물론 없지. 하지만 오늘 그 여자와 말을 나눴잖아. 그러니 생각이 있을 테지. 내 생각엔 네가 이곳에 일부러 온 것 같은데."

대로우는 그녀의 통찰력에 감탄하며 기쁜 듯이 킬킬 웃었다. 그가 보기에 그녀는 언제나 초자연적 통찰력을 지니고 있는 듯 보였다.

"글쎄요, 그 아가씨를 한번 만나 보고 싶었죠."

그가 고백했다.

"그래, 어떻게 생각해?"

대로우는 생각 없이 몇 발짝을 떼고 나서 페이턴 부인 앞에서 멈춰 섰다. 그러고는 미소를 지으며 말했다.

"제 생각에는요, 그 아가씨는 누군가가 먼저 모든 음식을 권하는 걸 좋아해요. 또 즉시 그녀의 접시에 모든 음식이 담기는 걸 좋아하고요."

3

저녁 식사 때 페이턴 부인은 갑자기 양심의 가책을 느끼며 대로우에게 결국 그의 건강에 대해 묻지 않았다는 걸 기억했다. 그는 딕 얘기를 꺼내 그녀의 관심을 딴 데로 돌렸다. 더구나 대로우의 의견이 그녀에게 흥미를 준 것만큼 그의 성격이 그녀의 주의를 끈 적은 한 번도 없었다. 그래서 페이턴 부인에게 대로우는 그저 늘 생각을 전달하는 수단처럼 보였을 뿐이다.

폴 대로우가 보통 때보다 더 남루해 보인다고 생각하지 않았느냐고 물어 페이턴 부인이 대로우와의 대화에서 빼먹은 내용을 그녀에게 상기시켜준 것은 딕이었다.

"정말 피곤해 보이더라."

페이턴 부인이 인정했다.

"그래서 그 아이에게 몸을 좀 보살피라고 말해줄 생각이었지."

딕은 그런 조치가 아무 소용없다고 생각하고 웃었다.

"폴 녀석은 절대로 피곤해하지 않아요. 하루 스물네 시간 중 스물네 시간을 일할 수 있거든요. 그 녀석 문제는 몸이 아프다는 거죠. 몸에 뭔가 이상이 있는 것 같아요."

"아, 그거 안됐구나. 의사를 만나 봤다니?"

"며칠 전 의사를 찾아가 보라고 했는데 제 말을 들으려고 하지 않았어요. 그 녀석은 지독하게 불가사의해서 그동안 무슨 일을 해왔는지 모르겠어요."

딕은 커피잔을 내려놓고 일어나 궐련을 반쯤 피웠다.

"오늘 저녁 그 녀석을 찾아가 어떻게 지내는지 볼까 해요."

"하지만 그 아이는 지구 반대쪽에 살고 있는 것 같잖아. 게다가 너도 피곤하고."

"피곤하지 않아요. 다만 조금 긴장했을 뿐이죠."

그가 미소를 지으며 대답했다.

"게다가 저는 곧 사무실에서 질을 만나 야간작업을 하려 해요. 그러니 먼저 폴을 만나는 것도 괜찮죠."

페이턴 부인은 아무 말이 없었다. 그녀는 아들의 일에 대해 그와 다투는 게 아무 소용이 없다는 것을 잘 알고 있었다. 그래서 자신이 대로우에게 한 말을 떠올리며 자기 입장을 확고히 하려 했다. 딕은 이제 성인이어서 다른 사람들과의 위험을 무릅써야 했다.

하지만 딕은 시계를 바라보며 짜증 나는 듯 소리를 질렀다.

"아, 이거야 원 시간이 없잖아. 질이 지금 저를 기다리고 있을 텐데. 저녁을 먹으며 시간을 낭비했지 뭐예요."

딕은 허리를 굽히고 어머니의 뺨을 어루만지듯 가볍게 두드렸다.

"이제 걱정하지 마세요."

그가 어머니에게 간청했다. 페이턴 부인이 그에게 미소를 지어 보이자 딕은 갑자기 얼굴을 붉히며 이렇게 덧붙였다.

"어머니도 아시잖아요, 그 여자는 그렇게 하지 않아요. 그 여자는 저를 그토록 믿고 있거든요."

페이턴 부인의 미소가 사라졌다. 그녀는 한 손을 그의 손에 올려놓고 갑자기 솔직하게 터놓고 말했다.

"너를 믿는다고, 또 네 성공을 믿는다고?"

딕은 머뭇거렸다.

"아, 그 여자는 저와 성공을 같은 것으로 간주해요. 제가 반드시 성공할 거라 생각하고 있어요."

"하지만 만약 네가 성공하지 못한다면?"

딕은 웃으면서 어깨를 들썩거렸지만 자신만만한 이마를 조금 찡그렸다.

"그럼 제가 다른 누군가에게 길을 비켜줘야겠죠. 그런 게 인생의 법칙이죠."

페이턴 부인은 몸을 곧게 편 채 앉아서 근엄한 표정으로 그를 빤히 쳐다봤다. 그러고는 물었다.

"그게 사랑의 법칙인 거니?"

딕은 조금 흔들리는 미소로 어머니를 내려다봤다.

"나의 사랑하는 낭만적 어머니, 아시다시피 전 그녀의 동정심은 원하지 않아요!"

이튿날 아침 날이 밝기 조금 전 집에 돌아온 딕은 서둘러 아침 식사를 하고 다시 집을 나섰고, 페이턴 부인은 밤이 될 때까지 아들의 소식을 전혀 듣지 못했다. 딕은 저녁 식사를 하러 집에 돌아오겠다고 약속했지만 페이턴 부인이 여덟 시가 되기 몇 분 전 응접실에 들어가자 식사 시중을 드는 가정부가 그녀에게 급하게 갈겨 쓴 쪽지를 전해줬다. 쪽지에는 이렇게 쓰여 있었다.

저를 기다리지 마세요. 대로우가 아파서 곁을 떠날 수가 없어요. 의사가 와서 그를 살펴보면 몇 자 전할게요.

신속하게 반응하는 페이턴 부인은 비통한 마음으로 쪽지를 읽었다. 그녀는 대로우에게 질투심을 품고 이기심으로 딕의 행복을 생각한 나머지 대로우의 병을 놓친 것이 부끄러웠다. 매정하다고 은근히 비난한 클레먼스 버니조차 대로우의 병색을 보고 충격을 받았지만, 그녀는 오직 자기 아들만이 눈에 보였을 뿐이다. 불쌍한 대로우! 그가 자기를 얼마나 냉정하고 자기 일에만 몰두한 사람으로 생각했을까! 이렇게 갑자기 뉘우치자 즉시 그의 숙소로 달려가고 싶은 충동이 생겼다. 하지만 대로우의 수줍음에 감염됐는지 그녀는 망설였다. 딕의 쪽지에는 자세한 내용이 적혀 있지 않았다. 병은 분명히 심각해 보였지만 그녀가 찾아가면 사생활을 방해하는 행동으로 여겨지지 않을까? 어제 있은 실수를 만회하려고 불쑥 찾아가는 것은 오히려 더 요령 없는 행동으로 보일지 모른다. 잠시 숙고한 뒤에 그녀는 사람을 보내 찾아가도 좋은지 딕에게 물어보기로 했다. 늦게 쪽지로 도착한 답장의 내용은 그녀가 예상한 그대로였다.

아니에요, 우리에게 필요한 도움은 모두 있어요. 의사 선생님도 훌륭한 간호사를 보내줬고, 다시 왕진 오겠다고 했어요. 대로우는 지금 폐렴에 걸렸어요. 그래서 말을 많이 할 수 없어요. 요리사더러 소고기 수프를 빨리 만들라고 해서 제게 가져다주세요.

소고기 수프를 만들어 보내준 뒤 페이턴 부인은 전날 저녁과는 사뭇 다르게 우울하게 밤샘했다. 그때 그녀는 모성적 관심의 좁은 울타리에 갇혀 있었다. 자아의 장벽이 내려앉았고, 그녀의 개인적 관심사는 좀 더 큰 동정의 물결에 휩쓸려 갔다. 램프 불이 비치는 반경에 앉아 있는 동안 그녀는 아들에 대한 사랑이 다만 일종의 확장된 이기주의에 지나지 않는다는 사실을 깨달았다. 딕과 그녀 자신은 이 부드럽고 매력적인 램프 불의 반경 안에서 수많은 밤을 보냈다. 사랑은 그녀의 마음을 넓히는 대신 오히려 좁게 만들었고, 그녀 자신과 삶 사이에 오래전 그녀가 피를 흘리는 손가락으로 낮춘 바로 그 벽을 다시 높이 쌓아 올렸다. 그녀가 어떻게 아들을 위한 야심이라는 하나의 열정에 모든 것을 희생하게 됐는지를 생각하면 끔찍했다…….

날이 밝자 그녀는 하인 한 명을 메신저로 보냈고, 그는 딕을 만나 보지도 못한 채 돌아왔다. 딕은 아무런 변화가 없다는 전갈을 보냈다. 그는 뒤에 다시 소식을 전하겠다고 했고, 아무것도 필요한 것이 없다고 했다. 이렇게 음울하게 그날이 지나갔다. 케이트 페턴 부인은 딕이 아직 마치지 못한 작업에 자신의 소중한 시간을 얼마나 빼앗겼는지 한번 계산해봤다. 그녀는 뿌리 깊은 이기심에 얼굴을 붉히고는 가련한 대로우를 생각하려고 애썼다. 하지만 그녀는 충동을 억제할 수 없었다. 이제 그녀는 대로우가 병 때문에 적어도 공모전에서 제외될 것이라는 생각에 빠지려다 자제했다. 하지만 그가 자기 작업이 완성됐다고 했던 말을 기억했다. 어떤 일이 일어나더라도 그는 아들의 성공 가도에 장애물이었다. 그녀는 그런 생각을 하는 자신이 혐오스러웠지만 그렇다고 그런 생각이 사그러들지는 않았다.

저녁이 다가왔지만 딕에게서는 아무런 소식도 오지 않았다. 마침내 두려움에 대한 수치심과 반작용에서 페인턴 부인은 마차를 부른 뒤 옷을 갈아입으려고 위층으로 올라갔다. 이제 더는 무관심하게 앉아 있을 수가 없었다. 대로우에 대한 사악한 생각에서 벗어나기 위해서라도 그녀는 그에게 가야 했다. 일 층으로 내려왔을 때 딕이 열쇠로 문을 여는 소리가 들렸다. 그녀는 발걸음을 재촉했고, 홀에 도착하자 그가 아무 말 없이 그녀의 앞에 섰다.

그녀는 딕을 쳐다보았으나 뭔가 물어보려던 말이 그만 그녀 입술에서 사라지고 말았다. 그는 고개를 끄덕이더니 그녀를 지나 천천히 걸어가며 말했다.

"처음부터 가망이 없었어요."

이튿날 딕은 장례식 준비로 분주했다. 대로우의 유일한 친척인 먼 숙모에게도 당연히 그의 죽음을 알렸다. 하지만 아무런 회신도 오지 않자 장례를 치르는 일은 친구에게 맡겨졌다. 그래서 또다시 딕은 그날 대부분의 시간에 자리를 비웠다. 해 질 무렵 그가 돌아왔을 때, 페인턴 부인은 그를 기다리던 차 테이블에서 고개를 들어 그의 얼굴에 깊게 파인 고통의 주름살을 보고 놀랐다.

페인턴 부인은 너무 고통스러워 차마 뭐라고 표현할 수 없었다. 두 사람은 아무 말도 하지 않고 비참한 심정을 공유하며 얼마 동안 앉아 있었다. 그녀가 마침내 물었다.

"모든 게 준비됐니?"

"네, 모든 게요."

"대로우의 숙모한테서는 아직도 소식이 없고?"

딕은 고개를 끄덕였다.

"다른 친척 중 누구도 찾을 수 없는 거니?"

"네, 한 사람도 찾지 못했어요. 대로우의 서류를 샅샅이 찾아봤죠. 거의 아무도 없었어요. 숙모 주소를 빼놓고는 아무것도 없었어요."

어머니가 따라준 찻잔을 거들떠보지도 않은 채 그는 의자에 털썩 깊숙이 주저앉았다.

"하지만 이걸 발견했어요."

그가 잠시 쉬었다가 호주머니에서 편지 한 장을 꺼내 그녀 앞에 내밀며 이렇게 덧붙였다. 그녀는 의심스럽게 그 편지를 받아 들었다.

"내가 읽어봐야 하니?"

"네."

페이턴 부인이 살펴보니 편지 봉투에는 대로우의 글씨로 그녀의 아들이 수취인으로 적혀 있었다. 봉투 안에는 연필로 쓴 몇 글자가 쓰여 있고, 날짜는 그녀가 그를 마지막으로 본 그 이튿날, 그러니까 그가 아프기 시작한 첫날이었다. 그녀가 편지를 읽었다.

친애하는 딕에게. 만약 내 미술관 도면에서 도움이 될 만한 게 있다면 네가 그걸 사용했으면 해. 비록 내가 이 공모전에서 손을 떼더라도 그렇게 했으면 해. 내게는 다른 기회가 있을 테고, 네게는 이 공모전이 아주 중요하다는 생각이 들어.

페이턴 부인은 편지 날짜를 멍하니 바라보며 말없이 앉아 있었다. 그 날짜는 그녀가 대로우와 나눈 마지막 대화와 직접적인 관련이 있었다. 그녀는 그가 자기를 이해했다는 걸 알았고, 그런 생각이 들자 영혼이 활활 불타는 듯했다. 딕이 물었다.
"참으로 멋진 녀석 아닌가요?"
그녀는 편지를 떨어뜨리고는 두 손으로 얼굴을 감쌌다.

그녀는 편지를 떨어뜨리고는 두 손으로 얼굴을 감쌌다.

4

 장례식은 이튿날 치러졌고, 공동묘지에서 돌아오자마자 딕은 어머니에게 대로우의 사무실에 가서 물건들을 살펴보겠다고 했다. 전날 그는 친구의 숙모에게 연락을 받았다. 숙모는 몸을 제대로 움직일 수 없어 전신(電信)을 이용하는 것이 어렵고 여행은 생각할 수도 없는 상태여서 구두점도 사용하지 않은 여덟 쪽에 해당하는 웅변으로 딕에게 조카의 일을 마무리 짓는 역할을 일임했다.

 페이턴 부인은 근심스러운 표정으로 아들을 쳐다봤다.

 "너 대신 그 일을 할 수 있는 사람은 없는 거니? 그의 일을 알고 있는 직원이나 누군가가 있을 텐데."

 딕은 고개를 내저었다.

 "최근에는 없어요. 올해 겨울에는 할 일이 별로 없었거든요. 지난 몇 달 동안 대로우는 모든 일을 포기한 채 혼자서 설계도 작업을 했어요."

그 말을 들은 페이턴 부인은 얼굴에 살짝 홍조를 띠었다. 두 사람 중 한쪽이 대로우의 유품에 대해 처음으로 언급한 말이었다.

"아, 물론 네가 할 수 있는 한 모든 일을 해야지."

그녀가 혼자 집 안으로 들어가며 중얼거렸다.

그날 아침 페이턴 부인은 감정이 크게 동요했고, 종일 경건하게 가련한 대로우의 헌신적 우정을 회고하며 집 안에 앉아 있었다. 그가 살아 있는 동안 그녀는 그에게 거의 시간을 내주지 못했고, 점점 더 은둔 생활하는 그의 습관을 너무 쉽게 받아들였다. 그녀는 자신이 딕을 사랑하는 만큼 딕을 사랑하는 단 한 사람에게 좀 더 가깝게 다가가지 않은 것이 그녀가 무감각한 사람이라는 증거라고 느꼈다. 대로우의 편지에서 볼 수 있는 사랑의 증거 때문에 그녀는 지금 와서는 쓸모 없는 것이 됐지만 양심의 가책을 느꼈다. 그토록 터무니없는 대로우의 제안은 더더욱 비애감을 자아냈다. 절박한 사랑의 순간에도 병적이라고 할 만큼 엄정한 사람이 직업의 명예가 부여하는 여러 제약을 간과했다는 사실, 또 그의 친구가 그런 제약을 간과할 가능성을 암시했다는 사실이 자못 놀라웠다. 그 제안이 무의식적으로 미묘한 유혹의 형태를 띤다는 사실이 그의 희생을 더욱 완벽한 것으로 만들어주는 것 같았다.

'유혹'이라는 마지막 말이 페이턴 부인의 생각을 사로잡았다. 유혹이라니! 누구에게 하는 유혹이란 말인가? 자기 아들처럼 친구의 헌신적 사랑의 정상에 올라갈 능력이 있는 사람에게는 분명 아닐 것이다. 그녀에게도 그렇듯 딕에게 대로우의 제안은 단순히 말로 표현할 수 없는 충정의 가슴 벅찬 마지막 표현을 의미할 것이다. 즉 마침내 그 공식을 찾아낸 사랑의 언사였을 것이다. 페이턴 부인은 그 일을 달리 해석하는 어떤 것이든 병적인 것으로 무시했다. 대로우의 포기가 암시하는 그 가능성에 딕이 행여 조금이라도 영향을 받을 수 있다고 생각하자 그녀는 자신에게 짜증이 났다. 그 제안의 성격에서 보면 그 문제는 실질적인 영역에서 감정의 이상적 영역으로 옮겨 갔다.

페이턴 부인은 오후 내내 상당 시간 혼자 앉아 이런 생각에 잠겨 있었다. 황혼이 다가오자 딕이 응접실에 들어왔다. 어스레한 빛에다 친구의 우울한 장례 탓에 그의 얼굴빛이 더욱 창백해 보였다. 그래서 그가 등장하자 오랫동안 기억에서 지워진 어떤 인상이 되돌아오면서 그녀는 깜짝 놀라다시피 했다. 그 인상은 잠시 그녀에게 자신이 어둠 속에서 갈등하고 있다는 느낌을 줬다. 그녀는 처음에는 왜 그런 느낌을 받았는지 알 수 없었다. 그러다가 딕이 그의 아버지를 닮았다는 사실을 알았다.

"그래. 일은 끝났니?"

딕이 말없이 의자에 주저앉자 그녀가 물었다.

"네. 모든 걸 살펴봤어요."

그는 두 손으로 머리를 감싸고 완전히 나른한 표정으로 그녀 너머를 응시하며 의자에 깊숙이 기댔다.

그녀는 잠시 멈춘 뒤 머뭇거리며 입을 열었다.

"내일이면 이제 네 일로 돌아갈 수 있겠구나."

"아, 제 일이요."

그는 마치 때가 잘 맞지 않는 농담을 무시해버리듯 큰 소리로 말했다.

"많이 피곤하니?"

"아뇨. 피곤하지 않아요. 차 좀 주실래요?"

딕은 자리에서 일어나 방 안을 이리저리 서성거리기 시작했다. 페이턴 부인이 찻잔에 차를 따르는 동안 그는 어머니 앞에서 걸음을 멈췄다. 그러고 나서 찻잔을 들지도 않은 채 그냥 돌아서더니 담배에 불을 붙였다.

"분명히 아직 시간이 있겠지?"

그녀는 그를 쳐다보며 넌지시 말했다.

"시간이라고요? 제 설계 도면을 완성할 시간 말인가요? 아, 그럼요, 있고말고요. 하지만 그럴 가치가 없어요."

"그럴 가치가 없다니?"

그녀는 놀라서 일어났다가 불안한 마음을 드러낸 것이 부끄러워 다시 의자에 털썩 주저앉았다.

"그 일은 지난주에 가치가 있었듯이 지금도 가치가 있어."

페이턴 부인이 유쾌한 표정을 지으려 애쓰면서 말했다.

"저한테는 그렇지 않아요. 그때는 대로우의 설계 도면을 보지 못했죠."

그러자 긴 침묵이 흘렀다. 페이턴 부인은 깍지를 낀 자기 손을 응시하며 앉아 있었고, 그녀의 아들은 초조하게 방 안을 서성거리고 있었다.

"그의 설계 도면이 그렇게 훌륭하던?"

마침내 그녀가 물었다.

"네."

그녀는 다시 말을 멈추고 나서 어찌할 바 모르는 시선으로 그의 얼굴을 쳐다봤다.

"그렇다면 대로우의 제안이 더더욱 멋지게 보이는구나."

딕은 또다시 담배에 불을 붙이고 있었고, 그는 그녀에게서 얼굴을 돌렸다.

"네 물론이죠. 제 생각은 그래요."

그가 나지막한 어조로 말했다.

"대로우 말로는 거의 다 완성했다고 하던데."

자기도 모르게 목소리를 아들의 목소리 톤으로 낮게 떨어뜨리며 그녀가 말을 이었다.

"네."

"그럼 그의 설계 도면을 출품하겠네?"

"물론이죠. 왜 안 그러겠어요?"

그가 날카롭다 할 만한 목소리로 대꾸했다.

"그 작업을 하면서 네 설계 도면도 완성할 시간이 있겠니?"

"아, 그럴 수 있을 거예요. 말씀드렸다시피, 그건 시간 문제가 아니죠. 지금 생각해보니 제 설계 도면은 신경 쓸 가치가 없어요."

페이턴 부인은 일어나 딕에게 다가가 두 손을 그의 어깨 위에 올려놓았다.

"넌 지금 피곤해서 침착성을 잃은 거야. 그러니 어떻게 판단을 내릴 수 있겠니? 내일 내가 두 설계 도면을 모두 봐도 괜찮을까?"

어머니가 빤히 쳐다보자 그는 갑자기 얼굴을 붉히고 조금 조바심이 나는 듯 뒤로 몸을 빼냈다.

"아, 그건 제게 도움이 되지 않아요. 어머니는 제 설계 도면이 가장 훌륭하다고 생각하실 게 분명해요."

그가 웃으면서 말했다.

"하지만 내가 그럴듯한 이유를 말한다면?"

그녀가 그를 압박했다. 딕은 조바심을 낸 것이 부끄러운 듯 어머니의 손을 잡았다.

"어머니, 어머니가 어떤 이유를 대신다면 그런 이유를 갖고 있다는 그 자체만으로도 설득력이 없을 거예요."

그의 어머니는 아들의 미소에 미소로 답하지 않았다.

"그렇다면 두 설계 도면을 내게 보여주지 않겠다는 거니?"

딕은 조바심을 낸 것이 부끄러운 듯 어머니의 손을 잡았다.

그녀는 약간 강요하는 듯한 태도로 말했다.

"아, 물론, 만약 어머니가 원하신다면, 만약 지금 그 문제에 대해 말씀하지만 않으시겠다면 보실 수 있겠지요! 지금 제가 녹초가 되다시피 한 게 안 보이세요?"

그가 감정을 억제하지 못하고 내뱉었다. 페이턴 부인이 잠자코 서 있는 동안 그는 피곤한 어조로 덧붙여 말했다.

"이 층에 올라가 저녁 식사 때까지 낮잠을 잘 수 있을지 좀 봐야겠어요."

그녀가 원하면 두 설계 도면을 볼 수 있다는 언질을 받고 헤어졌지만 페이턴 부인은 딕이 그것들을 자기에게 보여주지 않을 것이라는 걸 잘 알고 있었다. 실제로 딕은 어머니의 부탁을 두 번 다시 거절하지 않았다. 하지만 그는 어머니가 그 문제를 다시 꺼내지 않을 거라고 계산하지 않았던가? 밤새도록 그녀는 그 문제와 맞부닥쳤다. 그 상황이 한밤중의 환상에 속하는 환각을 일으킬 만큼 뚜렷하게 그녀의 눈앞에 모습을 드러냈다. 왜 딕이 갑자기 그의 아버지를 떠올리게 하는지 이제 알 수 있었다. 전에도 한번 똑같은 눈 뒤에서 똑같은 생각을 보지 않았던가? 대로우의 설계 도면을 사용해야겠다는 생각이 갑자기 딕의 머리에 떠올랐다고 그녀는 확신할 수 있었다. 그녀가 뜬눈으로 어둠 속에 누워 있는 동안 자정이 훨씬 지났는데도 위층에서는 딕이 서성거리는 소리가 들렸다. 반복해서 들리는 그의 발소리 장단에 귀를 기울이며 그녀는 숨을 죽였다. 그 발소리는 감옥에 갇힌 영혼이 똑같은 생각의 우리에서 지루하게 돌고 돌면서 내는 소리와 같았다. 아들이 인생에서 한 위기에 이르렀다고, 그가 어떻게 행동하는지가 그의 모든 미래에 결정적인 영향을 끼칠 것이라고 그녀는 세포 하나하나에서 느꼈다. 그녀가 놓였던 과거의 여러 환경은 인간의 동기에 대한 타고난 통찰력을 천리안 수준으로 끌어올려줬고, 주변 상황의 가장 미세한 변화에도 반응하는 도덕적 청우계가 되도록 해줬다. 지난 몇 해 동안 근심 속에서 생각에 생각을 거듭한 끝에 그녀는 아들의 유혹이 어떠한 형태를 띨지 잘 알 수 있었다. 간접적 방법을 제외하고는 이런 직관, 이런 통찰을 딕을 위해 사용할 수 없다는 게 그녀가 놓인 특이한 비참이었다. 삶만이 유일한 진정한 조언자가 될 수 있다는 점, 개인의 경험으로 여과되지 않은 지혜는 도덕적 조직의 일부가 되지 않는다는 점을 그녀는 통찰력의 일부로 깨달을 수 있었다. 그녀의 사랑은 큰 임무, 준비하고 방향을 설정하는 그런 임무를 맡았다. 하지만 그 사랑은 어떻게 그 손을 들어 조언해줘야 할지, 어떻게 적극적 간섭보다는 눈에 보이지 않는 영향으로 그 대상을 보살펴줘야 할지 알지 않으면 안 됐다.

걱정하며 딕의 운세도(運勢圖)를 치밀하게 만드는 동안 케이트 페이턴은 이 모든 것을 여러 번 자신에게 말하고 또 말했다. 하지만 환상적인 불길한 예감의 순간에도 그녀는 그토록 냉혹한 용기를 시험하지는 않았다. 만약 아들을 위한 기도를 구체적인 모습으로 표현한다면 그녀는 그가 눈부신 것에서, 그의 의지력에 대한 극적인 호소에서 비켜 가기를 부탁했을지 모른다. 즉 그의 유혹이 단조롭게 변장하고 그의 곁을 그냥 지나갔으면 하고 말이다. 그녀는 모든 일반적 형태의 비열함에 대해서는 아들을 완전하게 지켜냈다. 공격받기 쉬운 지점은 더 높은 곳에, 그런 본성에서 삶의 중심인 이상적 이기주의의 영역에 놓여 있었다.

몇 년에 걸쳐 혼자서 갈고 닦은 통찰력으로 케이트는 그런 가능성을 다루는 데 유별나게 기민해졌다. 상황의 위험성은 그것이 연루된 위험 분자를 최소한으로 줄이는 데 놓여 있다는 걸 그녀는 즉시 알았다. 대로우는 그의 공모전에 출품할 도면 설계도를 작성하면서 어떤 조력자도 채용하지 않았고, 고립된 생활을 한 탓에 그 도면을 누구에게도 보여주지 않았을뿐더러, 그녀와 딕만이 그 설계도가 완성됐다는 걸 알고 있다는 게 거의 확실했다. 더구나 친구 사무실의 물품을 조사하는 것은 딕이 해야 할 의무의 일부였고, 이런 의무를 수행할 때 도면을 입수하여 자기 목적에 도움이 될 만한 부분을 사용하기란 용이할 것이다. 그는 그렇게 하도록 대로우의 위임을 받았다. 비록 그런 행동은 직업의 성실성에 조금 위배되지만 친구의 소망을 은밀하게 정당화하는 것으로 호소할 수 있지 않을까? 페이턴 부인은 가련한 대로우가 무의식적일망정 아들을 유혹하는 도구가 된 것이 미웠다. 하지만 결국 딕이 한순간이라도 그녀가 비난하려는 행위를 생각하고 있다고 의심할 권리가 그녀에게 있단 말인가? 그가 그녀에게 두 설계 도면을 보여주기를 꺼리는 것은 피로와 낙담의 우연한 결과일지도 모른다. 딕은 지금 지쳐 있는 데다 불안해하고 있는데 그녀가 시간을 잘못 선택해 그런 부탁을 한 것이었다. 그가 기꺼이 응하지 않은 것은 대로우가 얼마나 자기를 앞서 있는지 어머니에게 숨기고 싶기 때문인지도 모른다. 이 점에서 그녀는 아들이 예민하다는 걸 잘 알고 있었고, 그것을 미처 내다보지 못한 것에 대해 자신을 탓했다. 하지만 이렇게 주장해봐도 그녀 자신에게 확신을 주지는 못했다. 아들에 대한 사랑과 믿음 밑바닥 깊은 곳에 뭐라고 말할 수 없는 의구심이 도사리고 있었다. 돌이켜보면 그녀는 데니스 페이턴과 결혼한 충동의 진의를 밝힐 수 없었다. 그녀가 알 수 있는 것이라고는 그녀의 본성 깊은 곳이 느슨해졌다는 점, 마음이 반발하는 바로 그 운명으로 조류에 휩쓸려 가고 있었다는 점뿐이었다. 하지만 어떤 의미에서 그녀의 결혼이 문젯거리로 남아 있었다면 모성애가 그 문제를 해결하는 것 같은 또 다른 문제가 있었다. 그녀는 여전히 숨어 있고 떠도는 어떤 위험에서 자기 아이를 구출했다는 생각을 한순간도 잊은 적이 없었다. 경계의 끈을 늦추지 않는 사랑의 노력으로 딕은 좀 더 가깝게 그녀의 자식이 됐다. 구원의 행동은 희생의 순간에 단 한 번으로 완성되지 않았다. 그녀가 딕을 위해 기적적인 사랑의 도피처를 마련해준 것은 갑작스러운 영웅주의의 발로가 아니라 끊임없이 새롭게 한, 지칠 줄 모르는 노력의 결과였다. 그 도피처가 실패에 대한 성스러운 피난처로 자리 잡고 있는 이상, 그녀는 유리창에 불을 밝히지도 못한 채 그가 아무런 도움도 없이 그곳을 향해 더듬어 나아가도록 해야 했다.

5

페이턴 부인이 밤새도록 생각에 생각을 거듭한 결과, 앞으로 몇 시간이면 반신반의하는 그녀의 마음도 끝날 것으로 요약됐다. 그녀는 그날이 결정적인 날짜라는 느낌이 들었다. 만약 딕이 그녀에게 설계 도면을 보여준다면 그녀의 두려움은 근거가 없었다는 게 입증될 것이다. 또 만약 그가 그 문제를 회피한다면 그녀의 두려움은 정당하다고 판명날 것이다.

그녀는 아침 식사 때 딕을 놓치지 않도록 일찍 옷을 차려입었다.* 하지만 식당에 들어서니 시중드는 가정부가 페이턴 씨가 늦잠

---

* 영국과 미국에서는 집 밖에서 식사할 때는 반드시 옷을 갖춰 입는 것이 관례였다. 상류층에서는 집 안에서 식사할 때도 이런 관례를 지켰다.

을 자는 바람에 아침 식사를 위층으로 가져다 달라고 부탁했다고 말했다. 그녀를 피하려는 구실일까? 그녀는 가장 단순한 사건에서 성급하게 어떤 불길한 조짐을 찾는 데 짜증이 났다. 하지만 자기의 의구심에 얼굴을 붉히면서도 의구심에서 벗어나지는 못했다. 그녀는 딕이 아래층으로 내려올 때 놓치지 않으려는 생각에서 식당 문을 열어놓았다. 그리고 나서 응접실로 돌아가 책상에 앉아 회계 장부에 몰두하면서도 아들의 발소리에 귀를 기울였다. 응접실 문도 열어놓았지만 이렇게 평상시와 조금 다르게 하는 행동도 그녀가 지금껏 취해온 수동적 태도에서 벗어나는 일처럼 보였다. 그래서 그녀는 자리에서 일어나 문을 닫았다. 문을 닫아놓아도 그가 계단을 내려오는 발소리(딕은 자기 아버지처럼 발걸음이 빠르고 경쾌했다)를 여전히 들을 수 있다는 걸 알고 있었기 때문이었다. 하지만 귀를 기울이고 앉아서 공연히 무언가를 쓰려고 하는 동안, 닫힌 문은 상징적으로 딕의 고통을 함께 나누기를 거부하는 것이었고, 그녀의 도움이 필요한 그에게 대항해 더욱더 단단히 방어하는 것이었다. 만약 그가 아래층으로 내려와 말을 하려는데 그 목적을 이룰 수 없다면 어떻게 될까? 영혼이 썰물과 밀물의 두 조류 사이에 떠 있는 그런 애매한 순간에는 그보다 사소한 장애물이라도 사건의 방향을 바꿔왔다. 그녀가 갑자기 자리에서 재빨리 일어나 빗장에 손을 대자 계단에서 그의 발소리가 들렸다.

딕이 응접실에 들어왔을 때 그녀는 책상에 다시 앉아서 차분한 얼굴을 들어 그의 얼굴을 바라봤다. 그는 서둘러 들어왔지만 발걸음은 머뭇거리는 것 같았다. 또다시 딕 아버지의 발걸음이었다. 그녀는 미소를 지었지만 그가 자기를 향해 다가오자 그에게서 고개를 돌렸다. 열에 들뜬 마음으로 사물을 되살리듯 그녀는 자신의 과거를 되살리고 있는 듯했다.

"벌써 나가려고?"

그가 한 손에 모자를 들고 있는 것을 보고 그녀가 물었다.

"네, 지금도 늦은걸요. 늦잠을 잤거든요."

그는 걸음을 멈추더니 멍하니 방 안을 둘러봤다.

"오늘 늦게 돌아오니 기다리지 마세요. 저녁 식사도 기다리지 마시고요."

그녀는 충동적으로 몸을 움직였다.

"딕, 너 지금 너무 무리하고 있는 거야. 그러다가 아플지도 몰라."

"말도 안 되는 소리예요. 오늘 아침에도 전처럼 컨디션이 좋은걸요. 그러니 머릿속으로 상상하지 마세요."

딕은 습관처럼 어머니의 이마에 키스를 한 뒤 뒤돌아 가려 했다. 그는 문지방에서 걸음을 멈췄고, 그녀는 딕이 뭔가 할 말이 있어 왔다가 그냥 물러간다는 느낌이 들었다.

"안녕히 계세요."

문이 닫히며 딕이 그녀에게 큰 소리로 말했다.

페이턴 부인은 테이블에 앉아 지난밤의 공포에서 벗어나 사태를 이리저리 숙고해보려 했다. 그는 두 설계 도면을 보고 싶다는 그녀의 바람을 언급하지 않았다. 그렇다면 그것이 무엇을 의미할까? 그녀의 부탁을 잊어버리지는 않았을 것 아닌가? 그녀는 가장 사소한 세부 사항까지 억지로 고려하지 않았던가? 케이트가 안심하기에는 유감스럽게도, 그녀가 딕의 프로세스를 잘 알고 있는 것은 세심한 관찰에 기초를 둔 것이고, 또한 그들의 관계와 같은 친밀한 관계에서는 어떤 암시도 사소한 것이 될 수 없다는 것을 그녀는 잘 알고 있었다. 그녀는 그날 아침 딕이 집을 떠날 때 그가 대로우의 설계 도면을 사용할 가능성, 친구가 창안하여 완성한 도면에서 자신의 미완성 도면의 불충분한 부분을 보완할 가능성을 심사숙고하고 있었다고 마치 그가 입으로 직접 말한 것처럼 확신할 수 있었다. 딕이 대로우의 편지를 자신에게 보여준 것을 후회한다는 사실을 그녀는 비통한 마음으로 간파할 수 있었다.

케이트 페이턴은 그런 추측만 계속할 수는 없었다. 그녀는 대로우의 사망 이후 며칠 동안 모든 약속을 취소했지만 그날 아침 한 친구 집에서 열리는 음악회가 생각나자 위안을 찾을 수 있었다. 그녀가 들어섰을 때 음악실은 지인들로 가득 차 있었다. 그녀는 주의력을 분산하며 잠시나마 기분 전환을 했다. 주의력을 분산한다는 것은 어떤 형태의 불행에는 진통제 역할을 하게 마련이다. 분주하지만 무관심한 삶의 압력을 받으면 마치 살이 뼈에 달라붙어 있듯이 밀착된 문제들이 자주 동떨어져 보일 때가 있다. 만약 페이턴 부인이 그렇게 완벽하게 위로를 찾지 못했다 해도 적어도 그녀 자신과 걱정거리 사이에 그 걱정거리를 모른 체하는 의무감을 끼워 차단할 수는 있었다. 하지만 그 위안은 한낱 일시적인 것에 지나지 않았다. 서곡의 첫 소절을 듣고 깨달음에서 떠오른 미소가 사라지자 그녀는 더더욱 고립감을 느꼈다. 그 미소 속에서 그녀는 자신을 잊으려 애썼던 것이다. 여느 때 같으면 감정의 풍부한 조류를 타고 그녀의 마음을 사로잡곤 하던 음악이 오늘따라 그녀를 생각의 섬에 고립시키고, 부자연스러운 소외감 속에서 두려움에 좀 더 직면하도록 만드는 듯했다. 그녀 주위에 감도는 침묵 또는 묵상*은 내면의 목소리에 울림을 주고 내면의 안목을 명료하게 하여 마침내 그녀는 모든 가능성이 기정사실을 더욱 통렬하게 만드는 반짝이고 텅 빈 지평선에 둘러싸여 있는 것 같다고 느꼈다. 사건은 가차 없이 정확하게 그녀 앞에 펼쳐졌다. 즉 그녀의 눈에는 딕이 그가 얻은 기회에 굴복하고, 불명예에서 승리를 낚아채며, 그가 넋을 잃은 그 행동에서 사랑과 행복과 성공을 획득하는 게 보였다. 그 일은 너무 단순하고 너무 쉽고 너무 불가피한 나머지 그녀가 아무리 그 일에 대해 몸부림치고 반대해도 아무 소용이 없다는 느낌이었다. 딕은 공모전에서 입선할 것이고, 미스 버니와 결혼할 것이고,

---

* 원문은 프랑스어 'recueillement'. 케이트 페이턴은 대화에서 가끔 프랑스어를 사용하는데, 그녀의 지적 수준이나 교양미를 보여주는 대목이다.

첫 번째 승리가 만들어준 통로를 지나 계속 성취를 향해 전진해 나 갈 것이었다.

페이턴 부인의 예상이 이 지점에 이르렀을 때 그녀의 바깥쪽 시선이 그녀 내면의 시선을 강하게 지배한 젊은 여성의 얼굴에 사로잡혔다. 몇 줄 건너에 미스 버니가 앉아서 휴식에 가장 가까울 만큼 침착한 태도로 음악에 심취해 있었다. 산뜻한 머리칼이며 예민한 눈이며 말하는 것 못지않게 귀를 기울이는 듯한 입술을 한 가냘픈 갈색 옆모습이 페이턴 부인에게는 확실한 활력이 자유롭게 발산되는 사람, 연약한 식물이 피할 곳도 주지 않은 채 광활하게 펼쳐진 의식의 텅 빈 공간처럼 보였다. 페이턴 부인은 딕의 연약한 마음이 그런 힘찬 분위기에 노출돼 있다고 생각하자 그만 몸서리가 쳐졌다. 그때 새로운 생각이 그녀의 뇌리에 불쑥 떠올랐다. 만약 미스 버니가 이런 힘을 자신에게 유리하도록 사용한다면, 딕이 모르게 그를 구출하는 수단으로 이용한다면 어떨까? 지금까지 페이턴 부인은 딕이 자신의 어려운 문제를 클레먼스에게 털어놓을지도 모른다는 데 최악의 위험이 있다고 생각했다. 그녀 자신의 과거에도 그렇게 속내를 털어놓는 게 가능하다고 생각하게끔 하는 전례가 있었다. 만약 딕이 자기 마음을 이 아가씨에게 털어놓는다면 미스 버니는 둔감한 데다 그런 문제를 이해할 능력이 없기에 그 문제를 안개처럼 사라지게 하는 효과가 있을 것이다. 딕은 이 점을 알고 그것을 이용할 만큼 머리가 잘 돌아갔다. 페이턴 부인은 지금까지는 그렇게 판단했다. 하지만 지금 미스 버니가 음악회에 나타난 모습을 보자 페이턴 부인은 지각력이 뚜렷해지는 것 같았다. 페이턴 부인은 딕 본성의 어떤 것, 그녀 자신이 불어넣은 그 어떤 것이 이런 안전한 지름길을 택하지 않을 거라고 자신에게 말했다. 오히려 딕은 그가 사랑하는 사람의 비밀스러운 마음으로 목적을 달성하기보다는 좀 더 복잡한 길을 택할 것이라고 말이다. 페이턴 부인은 아들을 그의 아버지보다 훨씬 위에 올려놓았다. 그래서 클레먼스 버니가 딕의 양심의 가책에 함께하지 않는다는 사실을 알게 되면 그에게는 미몽에서 깨어나는 일이 될 것이다. 딕의 어머니는 수동적인 지배권 다툼에서 이 점에 많은 것을 기댈 수 있을 것이라고 의기양양해했다. 정말로, 딕은 클레먼스 버니에게 절대로, 정말 절대로 말하지 않을 것이다. 그러므로 그의 한 가지 희망, 그가 확실히 구원받을 가망은 다른 누군가가 미스 버니에게 대신 말하는 데 있었다.

이런 사실을 알아차리자 흥분한 페이턴 부인은 음악회가 한창 진행 중인데 하마터면 의자에서 일어나 미스 버니 옆으로 다가갈 뻔했다. 출입구에 모인 사람들 사이에서 미스 버니를 놓칠까 두려워 부인은 마지막 곡이 연주되는 동안 살짝 빠져나와 응접실 뒤쪽에 서성대다가 사라지는 청중이 그녀를 미스 버니 방향으로 표류하도록 했다. 그녀가 다가가자 젊은 아가씨가 알아보고 환하게 웃었다. 곧 두 사람은 사람들에게서 떨어져 있다가 아직 향수 냄새가 풍기는 음악 학교의 텅 빈 곳으로 피했다.

언제나 감정이 쉽게 변하는 미스 버니는 처음에는 음악에 대해 많은 말을 했다. 듣는 사람 편에서 보면 그녀는 음악에 대해 좋아하는 점과 싫어하는 점을 솔직하게 피력했다. 그러나 그 일이 끝나자 미스 버니는 페이턴 부인에게 부드러운 얼굴을 돌리더니 재빠르게 어조를 바꿔 말했다.

"가련한 대로우 씨 일은 참 안됐어요."

페이턴 부인은 미스 버니의 말에 동의하듯 한숨을 내쉬었다.

"그의 죽음은 우리에게 큰 슬픔이었죠. 내 아들에게는 엄청난 손실이었고요."

"네. 저도 잘 알죠. 사모님 마음이 어떠하셨을지 상상할 수 있어요. 게다가 그 일이 공교롭게도 하필 지금 이때 일어난 게 안타까워요."

페이턴 부인은 그녀의 옆모습을 자세히 살펴봤다.

"아가씨 말은 그가 성공을 코앞에 두고 사망했다는 뜻인가요?"

미스 버니는 페이턴 부인에게 솔직한 미소를 지어 보였다.

"물론 그렇게 느낄 수도 있겠지요. 하지만 저는 친구들에 관한 한 아주 이기적이거든요. 그런 결정적인 순간이라면 페이턴 씨가 공모전 출품을 포기해야 한다고 생각했어요."

미스 버니는 조금도 반대하는 기미를 보이지 않고 말했다. 그녀의 편의주의적 판단에는 이교도적인 신선함이 깃들어 있었다.

페이턴 부인은 아무 말이 없었고, 미스 버니는 잠시 쉬었다가 다시 말을 이었다.

"이제 그가 설계 도면을 일정에 맞게 완성하기란 거의 불가능할 거라는 생각이 들어요. 그 작업 계획을 좀 더 일찍 서둘러 세우지 않은 게 유감스러워요. 그랬더라면 나머지 세부 일은 저절로 완성될 텐데요."

페이턴 부인은 이상하게도 환희와 경멸감이 교차하는 것을 느꼈다. 만약 이 아가씨가 딕에게 그런 식으로 말한다면!

"그 아이는 최근 자기 일을 생각할 시간이 거의 없었어요."

페이턴 부인은 목소리에서 냉랭함을 없애려고 애쓰면서 말했다.

"네, 물론 그럴 시간이 없겠죠."

미스 버니가 맞장구를 쳤다.

"하지만 그럴수록 그의 친구들이 그를 생각해줘야 할 이유가 되지 않을까요? 대로우 씨를 간호하려고 그가 모든 걸 포기한 건 참으로 가상한 일이었어요. 하지만 결국 자기 직업에서 성공하려면 자신을 먼저 생각해야 할 때가 있지요."

페이턴 부인은 잠시 말을 멈추고 신중하게 할 말을 고르려고 애썼다. 딕이 미스 버니에게 말하지 않은 게 이제 분명했고, 페이턴 부인은 자신에게 부여된 책임감을 느꼈다.

"성공하는 것, 그게 늘 첫 번째로 고려해야 하는 문제인가요?"

생각에 잠긴 듯 젊은 아가씨를 쳐다보며 그녀가 물었다.

그렇게 쳐다봐도 미스 버니는 조금도 당황하지 않고 페이턴 부인과 마찬가지로 그녀를 이해한다는 듯 쳐다봤다. 그녀는 얼굴을 붉히며 재빨리 말했다.

"네, 그렇죠. 페이턴 씨 같은 기질이라면 그러리라 믿어요. 다른 사람들은 몇 번 실패를 거듭한 뒤에도 기운을 되찾을 수 있지요. 하지만 낙담은 아드님에게 힘을 주는 대신 아마 힘을 빼앗을 거예요."

두 여성은 상대방의 의미를 재빨리 알아차리려는 나머지 외부 조건들을 잊고 있었다. 페이턴 부인은 어머니로서 자부심에 혐오를 느껴 얼굴이 붉어졌다. 하지만 부인이 하려던 대답은 그녀가 젊은 여성의 예상치 못한 통찰을 의식하자 입술에서 그만 멈추고 말았다. 바로 눈앞에 자신 못지않게 딕을 잘 알고 있는 누군가가 있었다. 열렬한 지지자라고 해야 할까, 아니면 공범자라고 해야 할까? 페이턴 부인의 다른 감정 밑바닥에는 막연한 질투심이 꿈틀거렸다. 그녀는 지금 자기 아이를 판단하는 특권이 처음 침해받을 때 느끼는 고뇌를 겪고 있었다. 그래서 그녀의 목소리는 화가 나서 조금 흔들렸다.

"아가씨는 우리 아이 성격을 잘못 판단하고 있는 게 틀림없군요."

미스 버니는 두 눈을 움직이지 않았지만 얼굴에 띤 홍조는 아름답게 더욱 짙어졌다.

"어쨌든 저는 아드님의 재능을 높이 평가하고 있어요. 많은 남자가 그와 똑같이 도덕적 활력과 지적 활력을 갖고 있다고 생각하지는 않죠."

"그렇다면 아가씨는 그중 한 활력을 희생하고 다른 활력을 계발할 건가요?"

"네, 어떤 경우에는요. 또 어느 정도까지는요."

미스 버니는 여성을 우아하고 호화롭게 감싸는 신축성 있는 은빛 모피인 머프의 긴 털을 흔들어댔다. 순간 그녀 주위에 있는 모든 것이 풍요롭고 냉정해 보였다. 페이턴 부인이 곧바로 눈치챘지만, 거무스름한 피부 아래 아직도 감돌고 있는 홍조를 제외한 모든 것이 그래 보였다. 젊은 여자의 자제력이 너무나 완벽하여 홍조는 그녀가 그만 깜박 잊고 얼굴에 남겨 둔 것 같았다. 그녀가 말을 이어 나갔다.

"저를 이상한 사람으로 생각하시는 것 같군요. 제가 진실을 말하기 때문에 대부분의 사람들은 그렇게 생각해요. 자기 감정을 숨기는 데 가장 편리한 방법이죠. 예를 들어 만약 제가 페이턴 씨에게 이른바 '관심'이라는 게 있다면, 그렇게 해선 안 된다는 사모님의 추론에도 저는 꽤 공개적으로 그에 대해 말할 수 있어요. 그리고 실제로 그에게 관심이 **있기에** 제 방법은 이점을 갖고 있는 거지요!"

미스 버니는 이리저리 날아다니는 듯한 웃음을 지으면서 말을 마쳤는데 그 웃음은 표현이 풍부한 그녀 개성의 한 지점에서 다른 지점으로 재빨리 옮겨가는 듯했다.

순간 그녀 주위에 있는 모든 것이 풍요롭고 냉정해 보였다.

페이턴 부인은 그녀를 향해 몸을 기울이고 조용히 말했다.

"아가씨가 관심이 있다는 건 나도 믿어요. 아가씨가 아가씨 자신을 위해 주장하는 특권을 다른 사람들에게도 허용한다고 생각해요. 아가씨의 관심이 어떤 것인지 알아내려 여기로 따라왔다고 고백해야겠군요."

미스 버니는 그녀를 쏘아보면서 모피의 울퉁불퉁한 털이 부드럽게 들어간 곳으로 몸을 뺐다.

"일종의 임무인가요?"

"아니에요. 전혀 그렇지 않아요."

젊은 아가씨는 안도한 듯 몸을 뒤로 기댔다.

"다행이에요. 전 싫어해야 할……."

그녀는 다시 한번 페이턴 부인을 쳐다봤다.

"제가 어떻게 할 생각인지 알고 싶으세요?"

"그래요, 알고 싶군요."

"지금 제가 답할 수 있는 건, 기다리면서 그가 어떻게 할지 지켜보겠다는 것뿐이에요."

"모든 게 딕의 성공에 달려 있다는 의미인가요?"

"**제가** 달려 있어요. 만약 제가 그 모든 것이라면요."

그녀가 흔쾌히 인정했다. 어머니의 가슴이 목구멍에서 두근거리고 있었고, 그녀의 말은 심장 고동을 통해 억지로 나오는 것 같았다.

"나는, 난 말이에요, 아가씨가 왜 이 공모전 입선을 특히 그렇게 중요하게 생각하는지 통 모르겠어요."

젊은 아가씨는 즉시 대답했다.

"그가 중요하게 생각하기 때문이죠. 공모전이 그의 자기 성찰에 대한 최종적인 답이니까요. 자신이 유용한 인간인지 아닌지에 대한 자기 성찰 말이에요. 만약 그에게 그런 가능성이 있다면 지금 나타나야죠. 지금은 모든 조건이 유리하잖아요. 그야말로 그가 늘 바라던 기회예요. 사모님도 아시잖아요."

그녀는 거의 자신만만하게, 그러면서도 조금도 침착성을 잃지 않고 말을 이어 나갔다.

"아시다시피, 그는 제게 자기 자신과 그의 다양한 실험에 대해, 그의 우유부단함과 혐오감에 대해 상당히 많은 걸 얘기했어요. 이 세상에는 잠재적 재능을 가진 사람들이 많아요. 그런 재능은 상황에 의해 빨리 꺾이면 꺾일수록 더 좋아요. 하지만 그는 뭔가 훌륭한 일을 할 소질이 있는 것 같아요. 그가 반신반의하는 건 그의 성격 때문이지 재능 때문은 아닌 것 같더군요. 제가 관심을 갖게 하고 매력을 느끼게 하는 게 바로 그거죠. 우리는 한 남자에게 천재적 재능을 가르칠 수는 없지만, 만약 그에게 그런 재능이 있다면 그가 그 재능을 어떻게 사용할지 보여줄 수는 있을지 모르죠. 제가 도움이 되는 건 바로 그 점이에요. 그가 계속 기회에 매진하도록 말이죠."

페이턴 부인은 너무 집중해서 듣고 있던 나머지 미처 대답할 말을 준비하지 못했다. 젊은 아가씨가 원칙을 공언하는 말에는 섬뜩하지만 어느 정도 매력적인 무언가가 있었다. 그런데 원칙이란 말로 공언하기보다는 더 자주 그에 따라 실천할 때가 많은 법이다.

"그래 아가씨 생각엔, 이 경우 우리 아들의 기회가 크지 않단 말이죠?"

페이턴 부인이 마침내 입을 열었다.

"물론 아무도 장담할 순 없어요. 하지만 그의 낙심, 그의 '낙심*'은 좋은 징조는 아니죠. 저는 그가 성공할 가능성은 없다고 생각해요."

어머니는 잠시 머뭇거렸다.

"아가씨가 그렇게 솔직하게 말하니, 나도 솔직하게 얼마나 최근에 딕을 만났는지 물어봐도 될까요?"

아가씨는 부인의 완곡한 말에 미소를 지었다. 그녀는 간단하게 대답했다.

"어제 오후에 만났어요."

"그런데도 내 아들을 생각하는 게……."

"끔찍하게도 운이 바닥이에요. 자기 입으로 머리가 텅 비었다고 말하던데요."

또다시 페이턴 부인은 목이 고동치는 것을 느껴지면서 천천히

---

* 원문은 프랑스어 'abattement'.

피난처   135

뺨이 붉어졌다.

"그게 딕이 한 말 전부인가요?"

"자신에 대해서 한 말은 그래요. 그밖에 다른 할 말이 있었나요?"

젊은 아가씨가 재빨리 물었다.

"아가씨에게 말하지 않던가요. 그가 잃어버린 시간을 보상할 기회에 대해서?"

"기회라고요? 무슨 말씀인지 잘 모르겠네요."

"그럼 그 아이가 아가씨에게 대로우의 편지에 대해 말하지 않았다고요?"

"어떤 편지에 대해서도 말한 적이 없어요."

"가련한 대로우가 사망한 뒤 실제로 편지 한 통이 **발견됐어요**. 그 편지에서 대로우는 딕에게 공모전에 출품할 자기 설계 도면을 사용해도 좋다고 허락했고요. 딕 말로는 그 도면이 아주 훌륭하다고 하더군요. 그에게 꼭 필요한 것이라고요."

미스 버니는 갑자기 붉어진 얼굴이 빛처럼 환하게 퍼져 나가면서 황홀감에 젖어 앉은 채 페이턴 부인의 말을 들었다.

"그게 언제였나요? 편지는 어디서 발견됐어요? 딕은 그 편지에 대해서는 입도 뻥긋하지 않던데요!"

그녀가 큰 소리로 외쳤다.

"편지는 대로우가 사망한 날에 발견됐어요."

"하지만 도무지 이해가 되지 않아요! 왜 딕은 제게 한마디도 하지 않았을까요? 왜 그가 그토록 절망적으로 보였을까요?"

미스 버니는 알 수 없고 호소하는 듯한 표정으로 페이턴 부인에게 얼굴을 돌렸다. 놀랄 만한 일이었지만 사실이었다. 그녀는 기회라는 엄연한 사실 말고는 아무것도 느낄 수 없었고, 아무것도 볼 수 없었다.

페이턴 부인의 목소리는 승리감에 도취되어 떨렸다.

"내 아이가 말하지 않은 건 양심의 가책 때문이라는 생각이 드는군요."

"양심의 가책이라니요?"

"그 아이가 남의 설계 도면을 사용하는 게 부정직한 행위라고 느끼고 있는 거죠."

미스 버니는 동정하는 듯한 표정으로 페이턴 부인에게 시선을 집중했다.

"부정직하다니요? 그 가련한 사람이 직접 그리기를 원했는데도요? 그게 그의 마지막 부탁인데도요? 그 사실을 증명할 편지가 있는데도요? 아, 그 설계 도면은 사모님 아들 거예요! 어느 다른 누구도 그 도면에 대한 권리가 없다고요."

"하지만 딕의 권리는 그 도면을 자기 것인 척하는 데까지는 이르지 못해요. 내가 믿기론 적어도 그게 딕의 생각이거든요. 만약 딕이 공모전에서 입선한다면 그는 사기로 입선하는 거죠."

"왜 그걸 사기라고 불러야만 하나요? 만약 딕에게 그럴 시간만 있었더라면 그의 설계 도면이 대로우의 것보다 더 나을지도 몰라요. 대로우 씨는 아마 이 점을 생각한 것 같아요. 그가 빼앗은 시간을 친구에게 보상해줘야 한다고 말이에요. 대로우 씨가 아드님의 희생에 이렇게라도 보상하려는 것보다 더 자연스러운 걸 저로서는 상상할 수 없네요."

미스 버니는 확신에 차서 얼굴이 빛났고, 페이턴 부인은 이상하게도 한순간 반대하는 마음이 흔들리는 게 느껴졌다. 페이턴 부인은 지금껏 한 번도 그런 관점에서, 그러니까 대로우가 자기 재능을 정당한 보상으로 간주한다는 관점에서 그 문제를 생각해본 적이 없었다. 하지만 그 문제를 얼핏 생각해보자 그녀는 말하자면 내곽(內郭) 같은 보호막 뒤에서 몸서리칠 수밖에 없었다.

"그런 논리는 내 아들보다는 대로우에게 더 설득력이 있을 테지요."

그녀가 냉정하게 말했다. 미스 버니는 페이턴 부인의 목소리가 달라진 것에 놀라 고개를 들어 그녀를 쳐다봤다.

"아, 그렇다면 사모님은 아드님의 의견에 동의하시는군요? 그런 일은 **부정직하다고** 생각하시는 거죠?"

페이턴 부인은 자기 폭로에 자기가 빠진 것을 알아차렸다.

"아들과 나는 그 문제에 대해 한 번도 이야기해본 적이 없어요."

그녀가 얼버무리며 말했다. 그녀는 미스 버니의 얼굴에서 안도의 빛이 스쳐 가는 것을 봤다.

"말해본 적이 없다고요? 그렇다면 아드님이 그 문제를 어떻게 생각하는지 어떻게 알고 계신가요?"

"내 판단의 근거는 오직, 아, 어쩌면 딕이 말하지 않았기 때문이지요."

젊은 아가씨는 숨을 깊게 들이쉬었다. 그러고는 중얼거렸다.

"그렇군요. 그게 바로 그가 말하지 않은 이유로군요."

"그 이유라니요?"

"그가 뭘 생각하는지 사모님께서 알고 계시다는 사실, 또 사모님이 알고 계신다는 걸 그가 알고 있다는 사실 말이에요."

페이턴 부인은 미스 버니의 교묘한 말에 놀랐다. 그녀는 자리에서 일어나면서 말했다.

"확실히 말해두지요. 나는 내 아들에게 영향을 끼칠 만한 아무런 행동도 하지 않았어요."

젊은 아가씨는 생각에 잠긴 듯 그녀를 빤히 쳐다봤다. 이윽고 살짝 미소를 지으며 말했다.

"아무것도요. 그의 생각을 읽는 것 외에는 아무것도 말이에요."

6

   페이턴 부인은 육체적으로 격렬한 활동을 한 뒤와 같은 피곤한 상태로 집에 돌아왔다. 클레먼스 버니와의 대화는 실제 전투, 손목과 눈으로 겨루는 전투와 같았다. 그녀는 잠시 자신이 한 행동에 기겁했다. 자기 아들을 적에게 넘겨준 것처럼 느껴서였다. 하지만 얼마 가지 않아 정신적 평형을 되찾았고 자신이 갈등을 가장 잘 싸울 수 있는 장소로 옮겨놓았을 뿐이라는 사실을 깨달았다. 어떤 지형에서 싸우느냐가 투쟁에서 아주 중요했기 때문이다. 그와 더불어 절망감, 그 문제를 자기 손아귀에서 벗어나게 했다는 깨달음이 뒤따랐다. 결국 처음부터 그녀의 손아귀에 있지 않았기 때문에, 무엇보다도 최종적인 마무리는 자기 손이 아닌 다른 누군가의 손에 이루어질 필요가 있기 때문에 그녀는 곧 용기 있게 아무것도 하지 않는 상태에 빠져들었다. 그녀는 어쩌면 분별을 넘어서는 이상으로 그녀가 할 수 있는 모든 것을 했다. 이제는 그녀가 촉발한 힘의 작용을 수동적으로 기다릴 수밖에 없었다.

미스 버니와 대화를 나눈 지 이틀 뒤까지 페이턴 부인은 딕을 거의 보지 못했다. 그는 일찍 사무실로 출근해 저녁 늦게야 집에 돌아왔다. 그는 대로우가 사망한 뒤 처음 며칠 동안보다 덜 피곤해 보이는 반면 더 침착해 보였다. 하지만 그의 태도에는 전에 볼 수 없던 불가사의랄까, 신중함이랄까, 마치 그녀가 추측하지 못하도록 방어벽을 설치한 것처럼 거의 저항에 가까운 기색이 역력했다. 그녀가 딕에게 영향을 끼칠 일은 아무것도 하지 않았다는 걱정스러운 단언에 대한 미스 버니의 대답에 그녀는 무척 놀랐었다. "아무것도요." 그녀가 말했었다. "그의 생각을 읽는 것 외에는 아무것도 말이에요." 자신이 아들의 자유로운 행동에 암묵적으로 간섭한다는 것을 미스 버니가 알아차리자 페이턴 부인은 몸이 움츠러들었다. 페이턴 부인은 두 운명 사이의 이런 갈등에 놓인 아들에게서 초연하고 싶었다(그녀는 얼마나 열정적으로 아들이 결코 그 사실을 알지 못하기를 바라 마지않았던가). 아들이 자기편에서 냉담한 것이, 그들 관계에서 처음으로 다정함을 간섭으로 느끼는 듯한 것이 오히려 그녀에게는 거의 안도가 됐다.

설계 도면을 제출해야 할 날짜가 오직 나흘밖에는 남지 않았고, 딕은 여전히 자기 작업에 대해 언급하지 않았다. 또한 대로우에 대해서도 아무런 언급이 없었다. 딕의 어머니는 그가 클레먼스 버니와 이야기를 나눴는지, 오히려 그녀가 그의 속내를 강요했는지 알고 싶었다. 페이턴 부인은 미스 버니가 잠자코 있을 리 없다고 거의 확신할 수 있었다. 딕이 자기 설계 도면에 무언가를 새롭게 첨가하는 작업이 미스 버니가 말했다는, 그것도 설득력 있게 말했다는 전조처럼 보인 때들이 있었다. 그렇게 생각하자 케이트 페이턴의 마음이 냉랭해졌다. 만약 그녀의 실험이 의도하지 않았는데도 성공을 거둔다면 어떻게 될까? 만약 그 젊은 아가씨가 딕을 그의 유약함과 조화시킨다면, 그의 유혹에서 독아(毒牙)를 뽑아버린다면 과연 어떻게 될까? 이렇게 되풀이되는 불안감 속에서 어머니는 꼬박 이틀을 시달렸다. 하지만 이틀째 저녁에 그녀는 질문에 대한 답을 찾았다.

평소보다 일찍 사무실에서 돌아온 딕은 홀 테이블에서 어머니가 눈여겨보는 가운데 아침부터 놓여 있던 쪽지 하나를 발견했다. 색깔이나 질감이 최신 유행인 편지 봉투에는 미스 버니의 필체처럼 보이는 글씨로 빠르게 휘둘러 쓴 주소가 적혀 있었다. 페이턴 부인은 젊은 아가씨의 필체를 알지 못했지만 그녀의 편지가 최근 자주 홀 테이블에 놓인 탓에 그런 편지의 발신인을 쉽게 알아볼 수 있었다. 어머니가 차를 마시는 동안 딕은 얼굴색이 변하면서 이 편지를 훑어봤다. 그리고 나서 편지를 접어 편지함에 집어넣고는 손목시계를 힐끗 보며 이렇게 말했다.

"만약 오늘 저녁 식사에 초대한 사람이 없으면 밖에서 식사하고 싶습니다."

"그렇게 하려무나. 바람을 쏘이는 게 네게 좋을 거야."

그의 어머니가 동의했다.

딕은 아무 대답도 하지 않고 두 손으로 뒤통수에 깍지를 끼고 벽난로 불을 바라보며 의자 깊숙이 앉았다. 몸 윤곽 전체에서 극심한 피로감이 묻어났지만 얼굴에는 긴장하고 경계하는 표정이 감돌았다. 페이턴 부인은 아무 말 없이 세심하게 차를 만드는 일에 분주했다. 바로 그때 알 수 없게도 질문 하나가 갑자기 그녀의 입술에 떠올랐다.

"그리고 네 일은……?"

그녀는 자신이 말하고도 이상하게 들리는 소리로 물었다.

"제 일이라고요……?"

그는 거의 방어적인 자세로, 그러나 얼굴에는 경계하는 듯한 미동도 없이 똑바로 앉아 있었다.

"잘하고 있는 거야? 잃어버린 시간은 만회하고 있고?"

"아, 물론이죠. 일이 잘되고 있어요."

그는 다시 한번 손목시계를 보며 자리에서 일어났다. 그러고는 문을 향해 몸을 돌리고 그녀에게 고개를 끄덕이며 말했다.

"이제 옷을 갈아입어야 할 시간이에요."

한 시간 뒤 그녀 혼자 저녁 식사를 하는 동안 초인종이 울리더니

가정부가 사무실에서 질 씨가 찾아왔다고 알렸다. 아들의 동업자를 홀에서 만난 셈이었다. 그는 딕 페이턴이 집에서 식사할 것으로 알고 있었고, 그래서 딕이 퇴근한 뒤 곤란한 문제가 생겨 그와 상의하러 찾아왔노라고 변명하듯 설명했다. 딕이 외출 중이고 그녀는 그가 어디로 갔는지 모른다고 말하자 질 씨가 몹시 당황하는 듯하여 잠시 뒤 페이턴 부인이 머뭇거리며 말했다.

"어쩌면 친구 집에 가 있을지도 몰라요. 주소를 알려줄 수도 있는데요."

동료 건축가는 모자를 집어 들었다.

"고맙습니다. 제가 찾아보죠."

페이턴 부인은 또다시 머뭇거리다가 제안했다.

"어쩌면 전화를 걸어보는 게 더 나을지도 모르겠군요."

그녀는 책상 위에 전화가 놓인 응접실 뒤쪽 조그마한 서재로 그를 안내했다. 두 방 사이에 있는 접문이 열렸다. 응접실로 다시 돌아오면서 접문을 닫아야 할까? 문지방에서 그녀는 잠깐 망설였다. 그러고 나서 그냥 걸어가 벽난로 옆 늘 앉는 자리에 앉았다.

그동안 질은 미스 버니의 집으로 전화를 걸어 동업자가 그곳에서 저녁 식사를 하고 있는지 물었다. 상대방이 딕이 있다고 대답한 게 분명했다. 잠시 뒤 케이트 페이턴은 질이 자기 아들과 통화하고 있다는 것을 알았다. 그녀는 의자 팔걸이에 두 팔을 얹고 머리를 꼿꼿이 편 채 주의를 집중하는 자세로 조금도 움직이지 않고 가만히 앉아 있었다. 만약 통화 내용을 듣는다면 숨기지 않고 들을 것이다. 엿듣는다고 의심받을 일은 없었다. 메시지를 전하는 데 열중인 나머지 질은 그녀가 있는지도 거의 의식하지 못할지 모른다. 하지만 만약 질이 고개를 돌린다면 그는 적어도 페이턴 부인을 보는데는 조금도 어려움이 없을 것이고, 그녀가 자기 말을 듣고 있다는 사실을 알아차리는 데도 어려움이 없을 것이다. 하지만 그녀는 질이 딕과의 통화 내용을 비밀로 할 필요성을 깨닫지 못하는 게 틀림없다는 것을 곧바로 기억했다. 그는 딕이 페이턴 부인 앞에서 사무실 일을 공개적으로 토의하는 걸 자주 들었기에 그녀가 아들의 일을 자세히 알고 있다고 간주했다. 그래서 태연하게 말을 계속했고 그녀는 질이 하는 말에 귀를 기울였다.

십 분 후 질이 가려고 일어났을 때 페이턴 부인은 알고 싶던 사실을 모두 알아냈다. 아들의 직업과 관련한 전문적 사항을 오랫동안 알고 있었기에 그녀는 사무실의 속기법 전문 용어를 쉽게 이해할 수 있었다. 그녀는 질이 생략해 사용한 말을 제대로 늘리고 암시적으로 사용한 모든 말을 해석하며 그가 딕에게 묻는 질문의 답을 재구성할 수 있었다. 건축가가 나가고 문이 닫힐 때, 그녀는 아들이 그녀 외에는 아무도 모르게 대로우의 설계 도면을 이용해 자기 도면을 완성하고 있다는 사실에 직면했다.

홀로 남겨진 페이턴 부인에게는 어둡고 조용한 응접실에 그토록 알고 싶던 진실을 가지고 가는 것보다는 벽난로 옆에서 밤샘하는 것이 더 쉬웠다. 그녀는 앉아서 딕을 기다릴 생각은 조금도 없었다. 틀림없이 그는 저녁 식사를 마친 뒤 사무실에서 질을 다시 만나 밤새 그녀가 방금 알게 된 그 작업을 계속할 것이다. 이 층에서 눈을 크게 뜨고 그녀를 기다리는 어둠보다는 벽난로 옆이 훨씬 덜 외로웠다. 무서운 고독감이 그녀를 감싸고 있었다. 마치 상대방이 의식하지도 못하는 투쟁에서 도중에 넘어지고 지치고 패배했다는 느낌이었다. 그녀는 사건의 진행을 빗나가게 하려 했고, 의무라는 멋진 이상에 개인의 행복을 희생했다. 그런데 그 징벌로 인간의 분투와 후회의 정상적 흐름에서 벗어나 실패와 함께 홀로 남아 있어야 했다.

그때 페이턴 부인은 아들을 만나고 싶지 않았다. 아들의 눈을 마주치기 전에 내적 동요를 가라앉히고 이렇게 삶에 새롭게 적응하며 평정을 되찾고 싶었다. 불행의 바다에 표류하며 응접실에 앉아 있던 그녀는 걸쇠에 열쇠를 넣고 돌리는 소리에 정신이 번쩍 들었다. 그녀는 놀라 자리에서 일어났다. 심장은 뒤로 물러나라고 알렸지만 팔다리가 마비돼 그 명령을 따를 수 없었다. 그녀가 머뭇거리며 서 있는 동안 문이 열리며 딕이 환한 얼굴을 하고 들어왔다. 공모전의 긴장으로 얼굴에 그림자가 드리우던 이후 그녀가 이제껏 볼 수 없던 모습이었다. 지금 그는 승리에 도취한 듯 빛이 났고 어머니를 향해 두 손을 내밀었지만, 그녀는 본능적으로 뒤로 물러섰다.

"어머니! 저를 기다리고 계실 줄 알았어요!"

그는 이제 가슴에 어머니를 안고 그녀 머리칼에 키스를 퍼부었다.

"어머니는 제게 일어나는 일이라면 무엇이든 다 알고 있다고 제가 늘 말했지요. 지금 어머니는 오늘 밤 제가 어머니를 원한다는 걸 짐작하셨어요."

그녀는 애정 어린 포옹에서 힘없이 몸을 빼냈다.

"무슨 일이 **있었던** 거니?"

그녀가 뒤로 물러나 놀란 표정으로 아들을 바라보며 나지막하게 말했다. 딕은 소파로 어머니를 안내한 뒤 옆에 털썩 앉아 소년이 자기 행복감을 어루만져주기를 바라는 듯한 태도로 그녀의 손을 다시 잡았다. 딕이 큰 소리로 외쳤다.

"약혼했어요! 어머니는 무감각하시네요, 제가 꼭 말을 해야 아시겠어요?"

그는 이제 가슴에 어머니를 안고 그녀 머리칼에 키스를 퍼부었다.

7

페이턴 부인에게는 정말로 말해줄 필요가 있었다. 그녀의 놀라움은 완벽하고 어찌할 수 없을 만큼 압도적이었다. 그래서 아들의 손을 잡고 있는 그녀는 두 손을 떨면서 잠자코 앉아 있었다. 마침내 그의 얼굴이 붉어졌고 그녀는 자신감에 찬 그의 포옹에 힘이 빠지는 걸 느꼈다.

"어머니는 짐작도 못 하신 거예요?"

그가 자리에서 일어나 그녀에게서 떨어지며 큰 소리로 말했다.

"그래, 나는 짐작도 못 했구나."

그녀가 완전히 기운이 없는 목소리로 고백했다. 딕은 절반은 도전적 자세로, 절반은 방어적 자세로 그녀 위에 서 있었다.

"제게 할 말씀이 한마디도 없으신가요? 어머니!"

그가 간청하듯 말했다. 그녀도 일어나 키스와 함께 두 손으로 그의 몸을 껴안고 중얼거렸다.

"딕! 내 사랑하는 아들!"

"클레먼스는 어머니가 자기를 좋아하지 않는다고 생각하고 있어요. 늘 그렇게 느꼈다고요. 그런데도 어머니가 마음에 들었다고, 어머니가 자신과 친구가 되려고 노력했다고 고백하더군요. 그리고 지금 이 시점에 이런 불확실한 일을 끝내는 게 제게 얼마나 중요한지 알고 계시리라 생각했어요. 또 저를 도와주려 하셨다고, 저를 위해 좋은 말로 거들어주려 하셨다고도 들었어요. 저는 클레먼스를 결심하게 만든 게 바로 어머니라고 생각했어요."

"내가?"

"며칠 전 클레먼스와 이야기를 나누면서요. 그녀가 어머니와 얘기를 나눴다고 말하더군요."

딕의 어머니는 그의 어깨에서 두 손을 미끄러뜨리고는 의자에 깊숙이 앉았다. 침묵이 잔인하게 느껴졌지만 오직 알아들을 수 없는 중얼거림이 입술에 맴돌 뿐이었다. 말을 하기 전 그녀는 질식할 것처럼 감각이 흥분되어 말할 공간을 만들어야 했다. 잠시 그녀는 클레먼스 버니가 최후의 시련에 굴복했다고, 그녀 자신이 이 새로운 운명의 소용돌이에 어떤 식으로든지 책임이 있다고 속으로 되풀이해 말할 따름이었다. 순간 페이턴 부인은 어떻게 우연의 밧줄이 점점 조여오는지 알 수 있었다. 그녀의 마음이 맑아지면서 그 아가씨가 의도한 게 바로 이것이라는 사실, 이래서 미스 버니가 승리에 앞서 화관을 수여했다는 사실을 충분히 지각할 수 있었다. 딕에게 결혼하기로 맹세함으로써 클레먼스는 그 답례로 딕의 맹세를 받아냈다. 즉 그 용어를 냉소적으로 전도한 것이기는 하지만 미스 버니는 딕의 명예를 걸고 그에게 서약했던 것이다. 케이트 페이턴은 사건이 자기 앞에서 지도처럼 연속적으로 펼쳐 있는 것을 봤고, 그 젊은 아가씨의 교활함에 소스라치게 놀랐다. 미스 버니는 마치 전략가처럼 전투를 수행했다. 그녀는 딕의 미래에 대한 자신의 관심이 그가 성공할 능력에 달려 있다고 솔직하게 고백했고, 그의 첫 업적으로 그를 고무하기 위해 그에게 그 결과를 조금 맛보게 해준 것이었다.

그런 것들이 페이턴 부인에게 거의 즉시 명백해졌다. 하지만 곧바로 페이턴 부인의 추측은 그녀를 한 단계 더 나아가게 했다. 미스 버니가 그토록 위험을 무릅쓰면서 처음에 희생을 덜 치르고 유리한 입장에 서려고 했다는 사실이 페이턴 부인에게 분명해졌다. 또 만약 미스 버니가 자기 자신을 포상으로 내놓아야 한다면 다른 뇌물로는 충분하지 않기 때문이라는 것도 분명해졌다. 어머니가 가슴 벅찬 희망을 안고 예상했듯이, 그것은 대로우의 사망 후 흔들리지 않고 목표에 매진하던 딕이 클레먼스 비니의 묵인 아래 방향을 바꿨다는 의미였다. 케이트 페이턴의 계산은 틀리지 않았고 사태는 그녀가 예견한 대로 일어났다. 클레먼스의 승인으로 미뤄보면 딕의 행동은 증오할 만한 모습을 띠었다. 딕은 그 일에 움찔했고, 클레먼스는 그의 사그라드는 용기를 되살리기 위해 결혼을 약속하고 자신의 항복의 올가미에 그를 넣기로 작정했다.

케이트 페이턴은 고개를 쳐들어 자기 위에 서 있는 아들의 얼굴에서 청년 특유의 당혹스러움이랄까, 흘러넘치기를 기다리는 잠시 유보된 행복감을 봤다. 약간 비참한 생각이 들면서 그녀는 지금은 그의 시간이라고, 그의 돌이킬 수 없는 한 순간이라고, 또한 자신이 침묵으로 그 일에 찬물을 끼얹고 있다고 생각했다. 그녀의 기억은 그녀 자신의 삶에서 똑같은 시간으로 거슬러 올라갔다. 그녀는 자신의 맥박에서 여전히 그 열기를 느낄 수 있었다. 그녀에게 딕의 행복을 가로막을 무슨 권리가 있단 말인가? 그의 규범과 그녀의 규범 중에서 하나를 선택하는 그녀는 과연 누구란 말인가? 그녀는 한 손을 뻗어 자신의 몸으로 그를 끌어당겼다.

"어머니도 아시다시피, 클레먼스는 제게 성공의 수단이 될 거예요."

두 사람이 서로 몸을 기댈 때 그가 말했다.

"클레먼스는 제게 새로운 삶의 활력을 불어넣어줄 거예요. 제가 에너지를 되찾는 걸 도와줄 거예요. 그녀의 말은 제 머리에 낀 안개를 날려 보내는 신선한 미풍과 같아요. 사물의 본질을 그토록 직접 꿰뚫어 보고 그토록 여러 가치를 파악하는 사람을 저는 이제껏 한 번도 본 적이 없어요. 그녀는 삶에 돌진해서 꼭 붙잡아요. 그러니 도저히 그녀를 그냥 보낼 수가 없어요."

딕은 자리에서 일어나 응접실을 이리저리 걸었다. 그러고 나서 돌아와 미소를 지으며 어머니 위에 섰다.

"어머니도 아시다시피, 어머니와 저는 꽤 복잡한 사람이잖아요. 저희는 사물에 대한 새로운 생각을 얻기 위해 늘 빙 돌아다녔죠. 언제나 가구 위치를 다시 정렬하고 있었다고요. 그런데 클레먼스는 어떻게 해서든지 삶을 무시무시하게 단순화시켜요."

딕은 애원하듯 웃으며 어머니 옆에 털썩 주저앉았다.

"어머니께서 가르쳐주신 대로 제가 제힘으로 일을 처리하는 게 좋지 않다는 말은 아니에요. 다만 일을 멈추고 말을 늘어놓는 사람은 오늘날에는 옆으로 밀려나기 십상이지요. 밀턴의 대천사들*이 역동적인 사업에서는 그다지 성공하리라 믿을 수 없는 것처럼요."

딕은 확신에 찬 어조로 시작했지만 말이 계속되는 동안 그녀는 그가 어조를 유지하려 애쓴다는 걸 알아차렸고, 또 그의 말이 쓸데없이 침묵을 깨뜨리려는 시도에서 발설되고 있다는 느낌이 들었다. 그녀로서는 그 위협적인 공허에 그 무엇인가를 쏟아넣기를 간절히 바랐고, 또 그 공허를 화해하는 말이나 표정으로 연결시키기

---

* 존 밀턴의 《실낙원》에서 대천사 중 하나인 루시퍼는 하나님에게 반역하여 다른 천사들 사이에 전쟁을 일으킨다. 루시퍼는 전쟁에 패하여 천국에서 추방되어 지옥에서 고통받는다. 여기서 워튼은 루시퍼가 다른 천사들을 설득하기 위해 유창하게 늘어놓는 연설을 언급한 것이다.

를 간절히 바랐다. 하지만 그녀의 영혼은 망설이고 있었고, 케이트 페이턴은 모호하게 다정함을 중얼거리는 데서 도피처를 찾아야 했다.

"아들아! 내 아들아!"

그녀가 반복해 말했다. 그는 아무 말 없이 그녀 옆에 앉아 있었다. 서로 잡고 있는 두 사람의 손만이 그들의 생각 사이에 벌어진 거리를 연결해주고 있었다.

케이트 페이턴이 곧이어 알게 됐지만 약혼은 나중에 공표하기로 돼 있었다. 심지어 미스 버니는 당분간 자기 가족이나 딕의 가족에게 약혼 사실을 알리지 않기를 요구했다. 그녀는 공모전에 출품할 마지막 작업에 대해서는 간섭하고 싶지 않았고, 그가 웃으면서 고백했듯이 설계 도면을 제출할 때까지는 그녀를 만나지 않기로 약속하게 했다. 그의 어머니는 아들이 자신의 작업에 대해 다른 언급을 하지 않는 것을 알아챘다. 하지만 딕이 밤에 작별 인사를 할 때, 그는 이튿날 아침 일찍 사무실에 가야 하기 때문에 그녀를 보지 못할 것이라고 덧붙여 말했다. 페이턴 부인은 이를 그가 혼자 있고 싶다는 암시로 받아들여 이튿날 딕이 집을 나가면서 문을 닫는 소리가 들릴 때까지 자기 방 안에 있었다.

페이턴 부인도 일찍 잠에서 깼고 아래층에 내려오자 날이 벌써 많이 지난 것 같았다. 집 안이 그렇게 텅 빈 것처럼 보인 적은 일찍이 없었다. 심지어 딕이 오랫동안 출타 중이었을 때도 집 안에는 그의 존재가 감돌았다. 기억과 연상의 미세한 먼지가 늘 떠돌고 있어 조금만 생각을 일깨워도 그의 모습이 손에 잡힐 듯했다. 하지만 지금 그는 저 멀리 떨어져 있는 것 같았고, 두 사람의 삶을 연결해주던 모든 섬유 조직이 떨어져 나간 것 같았다. 그의 존재를 느끼던 곳에는 오직 전보다 깊은 공허가 남아 있었을 뿐이다. 그녀는 마치 낯선 사람이 집에서 나간 것처럼 느껴졌다.

그녀는 이렇다 할 목적 없이 이 방에서 저 방으로 옮겨 다니면서 두 사람의 고독에 적응하려 애썼다. 대부분 여자들의 가슴이 온갖 감정으로 가득 차 있던 시절에도 그녀는 일찍이 그런 고독을 잘 알고 있었다. 하지만 그것은 오래전의 일이었고, 그 고독은 결국 다시 채워지리라는 느낌 때문에 지금보다 덜 완벽했다. 아들은 돌아왔고, 그녀의 삶은 충만했다. 하지만 이제 조수는 다시 썰물처럼 밀려갔고, 케이트 페이턴은 홀로 남아서 텅 빈 채 펼쳐진 황폐한 세월을 바라봤다. 황폐한 세월! 치명적인 고통, 치료할 길 없는 발작이 일어났다. 그녀의 신념과 희망은 그녀를 황야로 인도하는 도깨비불이었고, 그녀의 사랑은 모래 위에 헛되이 세워놓은 건물이었다.

방들을 한 바퀴 돌다가 그녀는 마침내 딕의 서재에 이르렀다. 그의 소년 시절 추억이 가득 찬 방이었다. 이상야릇한 유품들이며, 빽빽이 꽂힌 책장에 뒹구는 교과서들이며, 학교 시절의 사진들이며, 언젠가 받은 귀중품들 속에 걸려 있는 대학 트로피들에서 딕의 과거 역사를 더듬을 수 있었다. 잡다한 물건들이 뒤죽박죽 놓여 있는 방에 그의 모든 성공과 실패, 환희와 모순이 기록돼 있었다. 눈을 돌리는 곳마다 그녀의 손길과 발자취의 흔적을 볼 수 있었다. 오직 그녀만이 미로를 찾아갈 수 있는 단서를 갖고 있었고, 또한 그의 과거의 혼돈과 모순을 요리조리 헤치고 나아갈 수 있었다. 케이트 페이턴의 영혼은 딕의 미래가 그녀를 피해 갈 수 있다는 생각을 받아들이지 않았다. 그녀는 아들이 대학 시절 사용하던 낡은 안락의자에 털썩 주저앉아 책상 위에 흩어진 서류에 얼굴을 파묻었다.

그녀는 아들이 대학 시절 사용하던 낡은 안락의자에 털썩 주저앉아
책상 위에 흩어진 서류에 얼굴을 파묻었다.

8

그날은 페이턴 부인의 기억 속에 막연하고도 긴 시간의 연속으로 남아 있었다. 창문 하나 없는 벽과 같은 무위(無爲)로 이어지는 막다른 골목이라고나 할까.

오후쯤 그녀는 밖에서 식사를 하고 오페라 관람을 하기로 한 약속을 기억했다. 처음에는 사람들을 만나는 게 참을 수 없으리라고 느꼈다. 그러고 나서는 그녀가 불행한 마음으로 자기 자신을 밀폐한다는 사실에 겁을 냈다. 마침내 페이턴 부인은 지금 일어나고 있는 일을 그다지 의식하지 않은 채 기계적으로 일상을 보내며 수동적으로 사건의 흐름에 몸을 내맡기기로 했다.

황혼 무렵 응접실에 앉아 있을 때 석간신문이 배달됐다. 신문을 대충 살펴보니 나머지 기사보다 좀 더 선명한 활자로 인쇄된 한 단락이 눈에 띄었다. '새로운 조각 미술관'이라는 제호였고 그 밑에는 다음과 같은 기사가 실려 있었다.

새로운 미술관 설립을 위한 설계도 응모작을 선정할 미술가들과 건축가들이 월요일에 심사를 시작할 것이며, 위원회에 설계도를 제출하는 마감일은 내일이다. 새 건축물 부지로 선택된 곳이 이목을 끄는 데다 건립을 위해 뉴욕시에서 예외적으로 큰 예산을 책정하면서 건축가의 능력을 과시하는 보기 드문 기회가 될 것이어서 이에 대한 관심이 크다.

페이턴 부인은 눈을 감고 의자 깊숙이 들어앉았다. 마치 시계가 돌이킬 수 없는 시간을 알리며 가차 없이 째깍째깍 큰 소리를 내는 것 같았다. 갑자기 그녀는 딕을 찾아내 무릎을 꿇고 간청하고 싶은 욕망에 사로잡혔다. 정신이 생각을 굳게 하듯 육체가 근육을 굳게 하는 신체적 강박 관념의 한 가지였다. 그녀는 한 번은 자리에서 벌떡 일어나 택시를 부르려고 했다. 하지만 한바탕 싸운 뒤처럼 숨을 몰아쉬며 다시 의자에 주저앉아 의자의 팔걸이를 꼭 움켜잡고 자기 자신이 일어나지 못하게 했다.
"딕을 기다릴 수밖에 없어. 기다릴 수밖에 없다고."
그녀는 혼자서 중얼거렸다. 그렇게 말하고 나니 목까지 올라온 오열이 가라앉았다.

마침내 그녀는 저녁 식사를 위해 이 층으로 올라가 옷을 갈아입었다. 화장대 거울에 비친 유령 같은 모습이 그녀를 쳐다보고 있었다. 실제 그녀는 자신의 도움을 받지 않은 채 기계적으로 화장을 하고 옷을 입는 것 같은 자기 모습을 바라봤다. 작은 하나하나의 동작이 그녀 두뇌의 흐릿한 배경으로 뚜렷하게 드러나 보였다. 가정부에게 말을 걸 때 그녀의 목소리가 유난히 크게 들렸다. 지금처럼 집 안이 조용한 적이 없었다. 아니, 잠깐, 그런 적이 딱 한 번 있었다. 딕이 학교에 다닐 때 열병으로 고생한 적이 있었고, 그녀는 그 결정적인 밤 그와 함께 밤을 지새웠다. 그때의 침묵은 지금처럼 엄청나고 공포스러웠다. 옷을 갈아입는 동안 딕의 방, 그가 누워 있던 간이침대, 베개 깊이 골을 내던 그의 들뜬 머리, 낯익은 주근깨 아래 수척해지고 낯선 얼굴의 환영이 그녀의 눈앞에 아른거렸다. 어쩌면 딕의 임종을 지키고 있는 것일지도 모른다는 생각이 들었다. 의사들은 그녀에게 그의 죽음을 준비하라고 말했다. 침묵 속에서 그녀의 영혼은 아들을 위해 싸웠고, 그녀의 사랑은 날개처럼 그 위에 매달려 있었으며, 풍요로우면서도 무능하고 가증스러운 그녀의 삶은 그의 텅 빈 혈관 속으로 들어가려 애쓰고 있었다. 마침내 그녀는 승리했고, 그의 목숨을 살려냈으며, 자신의 삶을 그에게 쏟아부었다. 날이 밝자 그녀는 밤새도록 지켜본 낯선 아이 대신, 자기 자식을 다시 가슴에 안았다.

그날 밤은 페이턴 부인에게 이제껏 살면서 가장 두려운 시간이었다. 하지만 이제 그녀는 그 시간이 그녀의 삶을 풍성하게 하는 고뇌라는 사실, 또 그렇게 보낸 열정이 타고 남은 잿더미에서 네 배는 더 자라난다는 사실을 깨달았다. 그녀는 이런 밤샘을 혼자서는 견뎌낼 수 없었을 것이다. 그녀는 무익한 불행에서 벗어나야 하고, 용기 있게 자기 자신을 직면할 때까지 다른 사람들의 삶에서 도피처를 찾아야 했다. 오페라 극장에서 첫 번째 막간에 불이 들어오자 그녀는 극장 안을 둘러보며 자신의 비참한 마음으로 멍해진 가운데, 어떻게 다른 사람들이 대화를 나누고 미소를 짓고 무관심한 태도를 보이는지 의아한 생각이 들었다. 그녀 주위에서 귀에 거슬리는 활기찬 모든 모습의 초점이 갑자기 클레먼스 버니의 얼굴로 모인 것 같았다. 미스 버니는 사람들로 붐비는 박스, 검은 옷을 입은 관객들의 배경이 끊임없이 바뀌고 다시 반복되는 박스의 앞쪽 맞은편에 앉아 있었다. 페이턴 부인은 아무렇지도 않은 듯 밝은 태도를 짓고 있는 젊은 아가씨를 보자 그만 분노가 치밀어 올랐다. 페이턴 부인은 자신 역시 부자연스럽게 삶을 흉내 내어 다른 사람들과 대화를 나누고 미소를 짓고 새로 입장한 사람들에게 손을 들어 인사하고 있는 걸 까맣게 잊고 있었다. 한편 그녀의 진정한 자아는 이런 장면 뒤에서 비극을 연출하고 있었다. 그때 클레먼스 버니에게는 아무런 비극도 없다는 생각이 갑자기 그녀의 뇌리에 떠올랐다. 그 젊은 아가씨의 판단에 따르면 딕은 사실상 성공할 것이 확실했고, 미스 버니에게는 실패가 생각할 수 있는 유일한 재앙이었다.

오페라가 공연되는 내내 대항 세력에 대한 지각, 자기 신념의 부정이 페이턴 부인의 의식 속에서 타올랐다. 그녀 자신과 젊은 여성 사이의 공간은 사라지고 그들 주위의 사람들도 흩어져 마침내 오직 두 사람만이 치명적인 적대감의 울타리에 갇혀 서로 얼굴을 맞대고 있었다. 마침내 굴욕감과 패배감이 커져 페이턴 부인은 이제 더는 참을 수 없었다. 클레먼스 버니는 오만한 승리감에서 그녀를 모욕할 뿐만 아니라 부인의 실패라는 눈에 보이는 상징으로서 그 자리에 앉아 있는 것 같았다. 결국 혼자 집에서 생각에 잠기는 쪽이 차라리 더 나았을 것이다.

오페라 극장에서 마차를 타고 집으로 향하면서 페이턴 부인은 몇 블록 거리에 떨어져 어쩌면 여전히 밤샘하고 있을 딕을 생각했다. 그의 작업이 끝났는지, 설계도에 마지막 선을 그었는지 궁금했다. 고독한 밤에 그가 악마와의 계약에 서명하고 있을 모습*을 그려보자 그녀는 억제할 수 없는 충동에 사로잡혔다. 딕의 사무실 창을 지나가면서 창문에 아직 불이 켜져 있는지 봐야만 했다. 그에게는 가지 않을 것이다. 감히 그럴 용기가 나지 않았다. 하지만 적어도 그에게 가까이 다가가고, 보이지 않게 그의 밤샘을 공유하고, 그의 생각의 변두리에 맴돌 것이다. 그녀는 마차의 창을 내리고 큰

---

* 이 장면에서 이디스 워튼은 딕의 내적 갈등을 파우스트가 메피스토펠레스에게 영혼을 파는 행위에 빗대고 있다.

소리로 마차꾼에게 주소를 일러줬다.

페이턴 부인이 높은 사무실 빌딩에 다가가자 건물은 어둠 속에 조용히 떠올랐다. 하지만 곧 저 높이 눈에 익은 창문에서 그녀는 불빛 하나를 발견했다. 그녀의 가슴이 마구 뛰었고, 글썽거리는 눈물 사이로 빛이 미끄러지듯 그녀에게 움직였다. 마차가 멈추자 그녀는 잠시 움직이지 않고 가만히 있었다. 그리고 나서 마차꾼이 그녀 쪽으로 몸을 숙이자 그녀는 그가 마차를 계속 몰아야 할지 묻고 있다는 것을 알았다. 계속 가라고 말하려 했지만 그 말이 입술에서 나오지 않자 그녀는 고개를 내저었다. 당황한 모습으로 그는 계속 몸을 수그렸고, 그런 몸짓으로 묻자 결국 더는 가만히 앉아 있을 수 없었다. 그녀는 마차 문을 열고 밖으로 나왔다. 인도에 서 있을 수도 없어 몇 발짝 걸음을 옮겨 빌딩 입구에 다다랐다. 그녀는 초인종을 누르면서도 일련의 어떤 행동이 마차꾼에게 책임이 있다고 여전히 막연하게 느끼고 있었다. 잠시 뒤 야경을 서는 경비원이 문을 열어줬는데, 그는 갑자기 자기 앞에 나타난 밝은 유령에 깜짝 놀라 뒤로 물러섰다. 대낮에 건물 주위에서 본 적이 있는 페이턴 부인을 알아보고 그는 모호하게 말을 더듬거리며 사과하면서 상황에 적응하려 애썼다.

"우리 아들이 아직 사무실에 있는지 알고 싶어 찾아왔어요."

그녀가 더듬거리며 말했다.

"네, 사모님, 아직 계십니다. 최근에는 거의 매일 밤 자정 넘어서까지 계십니다."

"그럼 질 씨도 함께 있나요?"

"아닙니다. 질 씨는 오늘 저녁 제가 출근한 뒤 곧바로 퇴근하셨습니다."

페이턴 부인은 동굴처럼 어두컴컴한 계단을 올려다봤다.

"그럼 우리 아이 혼자 있다는 말인가요?"

"네, 그렇습니다, 사모님. 혼자 계신 것으로 알고 있습니다. 질 씨가 퇴근한 뒤 곧바로 다른 직원들도 퇴근했으니까요."

케이트 페이턴은 재빨리 한 손을 쳐들며 말했다.

"그럼 그 애한테 잠깐 올라가 보겠어요."

경비원은 이런 특이한 경우에 무슨 말을 한다는 것이 적절치 않다고 생각하는 것 같았고, 잠시 뒤 그녀는 마치 밤새가 서까래 사이에서 맴도는 것처럼 어둠을 헤치고 옷을 펄럭거리며 위층으로 올라갔다. 계단을 열 개나 올라가야 했다. 한 계단을 올라갈 때마다 그녀는 숨이 가빠 멈춰 서서 두 손으로 가슴을 눌러야 했다. 그러고 나서야 겨우 가슴의 압박이 사라졌고, 그녀는 또다시 위층을 향해 계속 올라갔다. 어둠에 싸인 큰 건물이 일렬로 굳게 닫힌 문들과 신비스러운 복도들과 함께 점점 그녀에게서 멀어졌다. 마침내 그녀는 딕의 사무실이 있는 층에 이르렀고 그의 사무실 문에서 복도 아래쪽으로 불빛이 비치는 것이 보였다. 숨을 헐떡이며 그녀가 벽에 몸을 기대자 침묵이 두 귀에 고동쳤다. 지금이라도 늦지 않게 돌아갈 수 있었다. 그녀는 난간에 몸을 기대고 아래층의 암흑을 내려다봤는데 저 멀리 밑바닥에 경비원의 불빛 하나가 가물가물 보였다. 그러고 나서 그녀는 몸을 돌려 아들의 사무실 문을 향해 살금살금 걸어갔다.

페이턴 부인은 문가에서 다시 한번 걸음을 멈춘 후 윙윙거리는 맥박 소리를 뚫고 사무실 안에서 나는 어떤 소리라도 들으려고 쫑긋 귀를 기울였다. 하지만 침묵은 깨지지 않았다. 마치 사무실이 텅 비어 있는 것 같았다. 그녀는 문에 한쪽 귀를 갖다 대고 소리를 들으려 했다. 그녀는 아들이 늦게까지 일한 적이 한 번도 없다는 걸 잘 알고 있었고, 그래서 제도판 주위에서 그가 움직이는 소리가 들리지 않는다는 게 이상했다. 잠시 그녀는 딕이 잠을 잘지도 모른다고 생각했다. 하지만 오랫동안 정신적 노력을 한 뒤에도 그는 쉽게 잠을 이루지 못했다. 그가 사무실에서 야간작업을 하고 집에 돌아온 뒤에도 불안한 듯 몇 시간 동안 쿵쿵거리는 발소리를 낸 것을 들은 기억이 났다.

그녀는 아들이 어디가 아픈지도 모른다는 걱정이 들기 시작했다. 흥분한 나머지 전율이 그녀를 엄습했고, 그녀는 한 손으로 걸쇠를 잡고 "딕!" 하고 나지막하게 속삭였다.

그녀의 속삭임 소리가 적막을 깨뜨리고 크게 울렸지만 아무런 대답이 없자 잠시 뒤 그녀는 다시 한번 딕의 이름을 불렀다. 이름을 부를 때마다 적막은 더욱 짙어갔다. 적막이 신비스럽고 불가사

그녀는 한 손으로 걸쇠를 잡고 "딕!" 하고 나지막하게 속삭였다.

의하게 그녀를 옥죄었다. 그녀의 심장은 놀라 마구 고동쳤다. 한순간이 더 지나면 그녀는 아마 고함을 질렀을 것이다. 그녀는 가쁘게 숨을 몰아쉬면서 문의 손잡이를 잡았다.

붉은 카펫이 깔려 있고 안락의자들이 놓여 있는, 딕이 개인 사무실로 사용하는 방은 램프 불이 아늑하게 켜져 있었지만 텅 비어 있었다. 페이턴 부인이 마지막으로 그 방에 들어갔을 때 대로우와 클레먼스 버니가 그곳에 있었고, 그녀는 큰 항아리 뒤에 앉아서 두 사람을 바라보고 있었다. 그 건너편에서 나지막하게 소리가 들리자 그녀는 놀라서 잠시 멈췄다. 그런 뒤 소리를 내지 않고 미끄러지듯 조용히 카펫을 가로질러 여닫이문을 열어젖히고 작업실의 문턱에 섰다. 방 한복판의 큼직한 제도용 테이블 위쪽에 가스등이 초록색 갓에서 밝은 빛을 비추고 있었다. 테이블과 마룻바닥에는 종이들, 찢어진 청사진들과 투사도들, 화가 나서 갑자기 제도용 테이블에서 뜯어낸 구겨진 투사지들이 어지럽게 널려 있었다. 이렇게 혼잡스러운 가운데 딕 페이턴이 테이블 위에 두 팔을 펼치고 그 위에 얼굴을 파묻고 앉아 있었다.

딕은 어머니가 다가오는 소리를 듣지 못한 것 같았다. 그녀는 새로운 공포감에 가슴이 조여오는 걸 느끼며 그를 바라봤다.

"딕! 딕!"

페이턴 부인이 외치자 딕은 놀란 눈으로 자리에서 벌떡 일어났다. 하지만 시야가 뚜렷해지자 어머니를 알아보면서 점차 그의 눈이 밝게 빛났다.

"오셨군요. 찾아오셨어요."

그가 그녀를 향해 두 팔을 펼치며 말했다. 그러자 페이턴 부인은 즉시 자기 가슴이 은신처라도 되는 듯 그를 가슴에 꼭 껴안았다.

"내가 필요했던 거니?"

그를 껴안으면서 그녀가 나지막하게 물었다. 피곤하고 숨이 막힌 딕은 마치 달리기 선수가 결승선에 가까이 도착할 때의 기쁜 표정으로 어머니를 올려다봤다.

"제가 **해냈어요**, 어머니!"

그녀에게 이상한 미소를 지으며 딕이 말했다. 그녀의 가슴은 알겠다는 듯 마구 뛰었다.

페이턴 부인의 두 팔이 딕의 목에서 미끄러져 내렸고, 그녀는 아들의 모습을 발견한 것이 사뭇 부끄러워 그의 몸에 기대어 서 있었다. 어쩌면 그는 어머니가 자기를 위해 한 일을 알기를 원하지 않는 것 같았다.

하지만 딕은 어린애처럼 한 팔로 어머니를 감싸 테이블 사이에 있는 딱딱한 의자 중 하나로 끌고 갔다. 양탄자를 깔지 않은 맨바닥에서 딕은 페이턴 부인 앞에 무릎을 꿇고는 그녀의 무릎에 얼굴을 파묻었다. 그녀는 두 손으로 그의 머리칼을 부드럽게 쓰다듬고 무릎에 그의 머리 온기를 느끼며 가만히 앉아 있었다.

두 사람 모두 한동안 말이 없었다. 그러고 나서 그가 고개를 쳐들고 그녀를 바라봤다.

"제게 무슨 일이 일어나고 있는지 어머니는 알고 계셨던 것 같아요."

그녀는 딕이 자신을 떠나보낼 준비가 된 이상으로 그의 삶에 털끝만큼이라도 압력을 가하는 것을 겁내고 있었다. 그녀는 아들에게서 눈을 돌려 테이블 위에 흩어진 설계 도면들을 쳐다봤다.

"공모전을 포기한 거니?"

"네. 그리고 다른 것도요."

그가 일어섰다. 감정의 파도가 썰물처럼 빠져나갔지만 평정을 되찾은 상태에서도 딕은 그들이 처음 만난 순간에 받은 충격보다 더 큰 감정에 휩싸여 있었다.

"처음에는 어머니가 얼마나 많이 알고 계신지 몰랐어요."

딕이 조용히 말을 이어 나갔다.

"어머니께 대로우의 편지를 보여드린 걸 후회했죠. 하지만 크게 걱정하지는 않았어요. 어머니께서 제가 그 편지를 이용할 수 있다고 생각하리라 기대하지 않았으니까요. 어머니가 모든 걸 알고 계시다는 걸 최근에서야 알았죠."

그는 미소를 지으며 어머니를 쳐다봤다.

"어떻게 해서 알게 됐는지는 아직도 모르겠어요. 어머니는 모든 일을 비밀로 하는 데 능숙한 데다 한 번도 어떤 조짐을 보이지 않으셨으니까요. 옆에 가까이 있는 탓에 느꼈을 뿐이에요. 마치 제가 어머니에게서 멀리 떨어질 수 없듯이 말이죠. 아, 어머니가 제 주변에 없었으면 한 적도, 그러니까 다른 사람들의 관점에서 사물을 바라볼 수 있도록 어머니에게 등을 돌리려고 애쓴 적도 있었어요. 하지만 어머니는 늘 그 자리에 계셨어요. 한 번도 어긋난 적이 없었다고요. 그리고 저는 어머니께 모든 일을 설명하는 것, 어머니를 설득해 제 사고방식을 받아들이게 하는 데 지쳤어요. 어머니는 멀리 가 버리지도 않으셨고, 그렇다고 더 가까이 다가오지도 않으셨어요. 바로 그 자리에 서서 제가 하는 모든 일을 지켜보셨어요."

딕은 갑자기 말을 멈추고 길쭉한 방을 불안한 듯 한 바퀴 돌았다. 그러고는 어머니 옆에 의자를 끌고 와 크게 한숨을 내쉬며 털썩 주저앉았다.

"어머니도 아시잖아요, 처음에는 그게 끔찍하게 싫었어요. 전 혼자서 저 자신의 이론을 만들어내고 싶었거든요. 만약 어머니가 뭐라고 한마디 하셨다면, 만약 제게 영향을 끼치려 하셨다면 주문(呪文)이 깨졌을 거예요. 하지만 실제 **어머니가** 거리를 두고 간섭하거나 꼬치꼬치 캐지 않으셨기에 다른 어머니, 즉 제 가슴 속에 있는 어머니가 저를 더 꼭 붙잡아준 것 같아요. 어떻게 말씀드려야 할지 잘 모르겠어요. 모든 게 제 머릿속에서 뒤죽박죽이거든요. 하지만 어머니께서 전에 말씀하시고 행동을 보여주신 일들이 계속 제게 돌아와 저와 제가 얻으려 시도하는 것 사이에 끼어들었어요. 제가 의지하던 친구들처럼 아무 말도 하지 않고, 마침내 제가 도저히 견딜 수 없을 때까지 저를 쳐다보면서 말이죠. 오늘 밤까지 저는 그걸 물리쳤지만, 그 작업을 마무리하려 사무실에 돌아왔을 때 또다시 어머니가 와 계셨어요. 그런데 어떻게 된 일인지는 잘 모르겠지만 어머니는 이제 더는 장애물이 아닌 피난처였어요. 그리고 저는 학교 다닐 때 일이 잘 풀리지 않으면 그랬듯이 어머니 품에 안겼지요."

딕은 슬그머니 두 손으로 다시 어머니의 손을 잡았고, 어린아이처럼 그녀의 어깨에 머리를 기댔다. 그러고는 말을 맺었다.

"어머니도 아시다시피 전 지독하게 연약한 바보예요. 저는 어머니께서 저를 위해 준비한 싸움을 할 만한 가치가 없어요. 하지만 그게 어머니가 해주신 결과라는 걸 어머니께서도 아셨으면 해요. 만약 어머니께서 한순간이라도 제 손을 놓으셨다면 저는 아마 아래로 떨어졌을 거예요. 그리고 만약 제가 아래로 떨어졌다면 저는 두 번 다시 살아서 올라오지 못했을 거예요."

작품 해설

도덕적 선택의 갈림길에 서서

    음악과 바둑에는 신동이나 천재가 있지만 문학에는 좀처럼 그러한 사람이 없다. 그도 그럴 것이 다른 분야의 예술가들과는 달라서 문학가에게는 무엇보다도 삶에서 얻는 구체적인 경험이 필수적이기 때문이다. 문학이 아무리 상상력이 빚어낸 찬란한 우주라고는 하지만 시큼한 땀 냄새 나는 실제 경험이 밑천이 되지 않고서는 자칫 공허한 언어적 유희로 전락할 위험이 많다. 물론 독서나 남한테서 들은 경험담 같은 간접 경험도 소중하지만 삶의 현장에서 겪는 실제 경험과 비교해보면 그 힘은 크게 미치지 못한다. 실제 경험에서 쓴 작품이 끈적끈적한 당밀이나 설탕 맛이 난다면 독서를 통한 간접 경험에서 쓴 작품은 사카린 같은 인공 감미료 맛이 난다.

그래서 세계 문학사에는 신동이나 천재는커녕 오히려 늦깎이로 데뷔하여 문단 말석에 이름을 올린 작가가 적지 않다. 예를 들어 무라카미 하루키가 "1960년대 나의 영웅"이라고 칭찬해 마지않은 미국 작가 레이먼드 챈들러는 잘나가는 석유 회사에서 간부를 지낸 뒤 쉰한 살이 돼서야 비로소《깊은 잠》(1939)을 써서 소설가로 데뷔했다. 굳이 먼 데서 예를 찾을 필요도 없이 박완서는 마흔 살이 되던 1970년에《여성동아》장편 소설 공모에 화가 박수근을 모델로 삼은《나목》이 당선돼 등단했다. 사십여 년의 문단 생활에서 그녀는 장편 소설 열다섯 편과 단편 소설 백여 편을 썼다. 그런데 박완서는 한 인터뷰에서 "작가 아닌 채로 살았던 세월이 길었던 게 좋았다. 밑천이 많다. 작가 하면서 쓸거리를 고민한 적이 없다"라고 밝힌 적이 있다. 사업가에게 자본금이 소중한 밑천이듯 작가에게는 삶의 현장에서 얻은 구체적인 경험이 무척 소중한 밑천이다.

1

여성 최초로 소설 부문 퓰리처상을 받은 이디스 워튼(1862~1937)은 뉴욕 상류 사회의 명문가 존스 가문에서 태어나 남부러울 것 없이 유복하게 자랐다. 그녀의 선조는 미국 동부에서 공업과 은

행업으로 막대한 재산을 모았고, 이디스 워튼은 이러한 부와 풍요의 열매를 마음껏 누릴 수 있었다. 당시 뉴욕 상류 사회에서는 "존스 가문을 따르라"라는 말이 유행할 정도였다. 버지니아 울프는 《자기만의 방》(1929)에서 여성 작가에게 필요한 것이 자기만의 공간과 안정된 수입이라고 말한 적이 있다. 이디스 워튼은 그 두 가지는 말할 것도 없고 그 이상의 것을 한껏 누리고 살았으니 작가로서 필요한 것은 모두 갖춘 셈이었다.

그러나 이디스 워튼은 늦깎이 문인이었다. 물론 열다섯 살이 되던 해 《경솔하다》라는 중편 소설을 쓰고 그 이듬해에는 그동안 써 놓은 시를 묶어 자비로 시집을 출판했지만 그것은 어디까지나 유한계급에 속한 소녀 취향의 여가에 지나지 않았다. 1897년에 오그던 코드먼과 함께 실내 장식에 관한 책을 집필하여 출간한 것을 보면 워튼은 아직 문학을 필생의 업으로 생각하지는 않았다. 워튼이 본격적으로 작가로서 역량을 보여준 것은 1890년 전후이니 마흔 살이 다 돼서야 비로소 작가 활동을 시작한 셈이다. 워튼이 《피난처》(1903)를 발표한 것은 마흔 살 때였다.

워튼은 유복한 삶 가운데 이런저런 신산스러운 경험을 겪으면서부터 작품 활동이 더욱 두드러졌다. 가령 경제적으로 든든한 뒷받침이 됐던 아버지가 사망했고, 해리 레이든 스티븐스라는 청년과 약혼했지만 곧 파혼했으며, 보스턴 은행가 집안 출신의 에드워드 워튼과의 결혼은 신혼 초기부터 삐걱거리다가 마침내 이혼에 이르렀다. 에드워드는 이디스보다 훨씬 나이가 많은 데다 신경 질환을 앓고 있었고, 때로는 거의 정신병에 가까운 증세를 보이기도 했다. 아내가 문학가로서 이름을 떨치면 떨칠수록 그녀에 대한 질투심도 그만큼 커졌다. 심지어 이디스는 차라리 남편이 죽기를 바랄 정도였다고 하니 두 사람의 관계가 과연 어떠했는지 쉽게 미루어볼 수 있다. 특히 1908년부터 두 해에 걸친 〈더 타임스〉 기자 모턴 풀러턴과의 불륜 관계는 적잖이 문단의 가십거리가 됐다. 비록 남편의 외도 때문이라고는 하지만 이 무렵 그녀의 행동은 아직도 청교도 정신이 살아 숨 쉬는 미국 사회에 큰 파문을 일으켰다. 그리하여 워튼의 친구요 하버드대학교 교수였던 찰스 엘리엇 노턴은 그녀에게 "어떤 위대한 문학 작품도 이제까지 부정한 정열에 기초를 둔 적이 없다"라고 말하면서 가정에 충실하라고 설득하기도 했다.

그러나 이 불륜 사건은 워튼의 작품에 여러모로 영향을 끼쳤다. 가령 《이선 프롬》(1911)이나 《여름》(1917)을 읽다 보면 모턴 풀러턴의 그림자가 자주 어른거린다. 다만 남녀의 위치만 살짝 바꿔놓았을 뿐 혼외정사 같은 불륜 사건 자체는 크게 차이가 없다. 워튼은 《피난처》에서 서술 화자의 입을 빌려 "삶만이 유일한 진정한 조언자가 될 수 있다는 점, 개인의 경험으로 여과되지 않은 지혜는 도덕적 조직의 일부가 되지 않는다"라고 말한다. 다시 말해서 관념이 아닌 구체적인 실천을 통한 경험만이 삶에서 조언자가 되고 진정한 도덕심이 될 수 있다는 것이다.

이렇듯 워튼은 늦깎이로 문단에 데뷔했지만 작품의 양은 어느 작가 못지않다. 실제로 영미 문학사에서 그녀만큼 왕성하게 작품 활동을 한 작가는 겨우 몇 손가락에 꼽힐 정도다. 사십여 년에 이르는 작가 생활에서 워튼은 장편 소설 이십여 편, 단편 소설집 열여섯 권, 논픽션 작품 아홉 권을 출간했고, 그 밖에도 다양한 주제로 산문 소품을 발표했다. 이러한 작품의 양은 동시대 작가로 워튼과 친밀한 관계를 유지하던 헨리 제임스나 후배 작가 윌리엄 포크너의 작품 양과 맞먹는 수준이다. 더구나 당시 대부분의 여성 작가가 특정한 지방에 뿌리를 둔 토속적인 작품을 많이 쓴 것과는 달리, 워튼은 주로 뉴욕의 상류 사회를 배경으로 그곳의 도덕적 타락 같은 문제를 비판하는 풍속 소설을 즐겨 썼다.《환락의 집》(1905)을 비롯하여《그 지방의 관습》(1913)과《순수의 시대》(1920)는 이러한 계열에 속하는 대표적인 작품으로 미국 문학에서 풍속 소설 전통을 굳건한 반열에 올려놓는 데 크게 이바지했다.

2

이디스 워튼이 본격적으로 작가 생활을 시작한 것은 장편 소설이 아니라 중편 소설이었다.《경솔하다》는 워튼이 1877년에 쓴 첫 중편 소설이지만 1977년에 이르러서야 비로소 출간된 작품이다. 1892년에 그녀는 《버너 자매》를 집필했지만 사반세기 가까이 지난 뒤에야 비로소 작품집 《징구》(1916)에 처음 수록됐다. 출간을 기준으로 삼는다면 워튼의 첫 중편 소설은 1900년에 출간된 《시금석》이고, 두 번째 중편 소설은 이 년 뒤에 출간된 《결심의 계곡》이다. 워튼이 세 번째 중편 소설로 출간한 작품이 바로 《피난처》다. 세 번째 중편 소설은 워튼의 다른 작품에 밀려 그동안 제대로 빛을 보지 못했지만 최근 들어 비평가들과 학자들에게 주목을 받고 있다. 이 작품에 대한 긍정적 평가는 작품이 처음 출간된 당시부터 이루어졌다. 가령 이 작품을 두고 〈뉴욕타임스〉의 한 서평자는 "그러한 마음의 고양을 느끼며 책을 읽고 또다시 읽는다는 것은 윤리적으로나 예술적으로 좋은 일이다"라고 평했다. 한편 〈타임스 리터러리 서플먼트〉의 서평자도 이 책에 대해 "단순성과 통찰력에서, 열정과 자제력에서 이목을 끄는 작은 책"이라고 찬사를 아끼지 않았다. 20세기 초엽에 활약한 해밀턴 라이트 메이비는 《피난처》가 "작가들이든 어머니들이든 선교사들이든 여성에게 독특한 아름답고 부드러운 감상"을 증언하는 작품으로 높이 평가했다. 그러면서 메이비는 이 작품을 청소년들이 반드시 읽어야 할 독서 목록에 넣었다.

이렇게 출간 당시부터 《피난처》가 긍정적 평가를 받은 것은 이 작품의 주제 때문이었다. 이 작품에는 워튼이 평생 핵심적 화두로 삼은 도덕적 딜레마와 그에 따른 결심이나 판단이 처음으로 잘 드러나 있다. 작품이 시작되는 전반부에서 주인공 케이트 옴은 행복감에 한껏 들떠 있다. 이 작품의 서술 화자는 "젊은 사람이 더할 나위 없는 행복감을 느낀다는 것은 그리 흔한 일이 아니다. 감각은 너무나 선택과 배제의 결과라서 삶을 각성하며 손에 넣기란 그렇게 쉽지 않은 법이다"라고 말한다. 그러면서 화자는 계속하여 "봄비가 생명이 움트는 들판에 스며들듯 행복감이 그녀의 온몸에 스며들었다"라고 밝힌다. 두 달 전 뉴욕 상류 사회의 전도유망한 청년 데니스 페이턴과 약혼한 케이트는 이제 결혼을 앞두고 있다. 지금 그녀는 행복한 마음으로 책상에 앉아 결혼 청첩장을 보낼 명단을 살펴보고 있다. 행복감으로 말하자면 데니스도 케이트 못지않다. 그가 일찍이 결혼하고 싶어 한 여자와 마침내 약혼한 데다 다른 지방에서 방탕한 생활을 하다 그만 열병으로 사망한 의붓형제 아서 페이턴에게서 큰 재산을 상속받았기 때문이다. 데니스의 어머니 페이턴 부인은 의붓아들 아서가 아직 결혼하지 않은 채 일찍 사망하여 데니스가 재산을 물려받게 된 것에 분명히 '신의 섭리'가 작용했다고 생각한다.

그런데 아닌 밤중에 홍두깨 격으로 케이트는 약혼자 데니스에게 치명적인 도덕적 결함이 있다는 사실을 알게 된다. 그녀는 그동안 아서와 관련하여 어떤 불미스러운 일이 있었다고 어렴풋하게 짐작만 할 뿐 자세한 사정은 알지 못했다. 아서가 사망한 뒤 한 여자가 갑자기 나타나 그에 대한 법적 권리를 주장했지만 그 권리가 무엇이든 곧바로 취소됐고, 모든 문제와 함께 그 여자가 사라지면서 사건은 일단락됐다. 주변 사람들이 침묵을 지키고 얼버무리는 데서 케이트는 어렴풋이 사태를 짐작할 뿐이었다. 당시 상류 사회 사람들이 흔히 그랬듯이 페이턴 집안은 말할 것도 없고 케이트의 아버지마저 젊은 여성에게 누추한 삶의 모습을 되도록 보여주지 않으려 애썼기 때문이다.

케이트가 결혼식 청첩장 명단을 바라보며 자못 행복감에 들떠 있던 바로 그날, 한 젊은 여자가 어린아이와 함께 페이턴 저택 근처 호수에 뛰어들어 목숨을 끊으면서 그동안 베일에 가려져 있던 아서를 둘러싼 문제가 다시 수면 위로 떠오른다. 아서는 사망하기 전 부모 몰래 결혼하여 아들까지 낳은 상태였고, 그의 아내는 아서 가족이 자기주장을 받아들이지 않자 마침내 페이턴 가문의 저택 근처에서 자살한 것이다. 그녀가 페이턴 가문에게 바라는 것은 돈이 아니라 결혼을 인정해달라는 것이었다. 그런데도 데니스는 아서의 아내가 처음부터 돈을 노리고 아서에게 접근했다고 주장한다.

데니스는 재판 과정에서 아서에게 아내와 자식이 있다는 사실을 감쪽같이 숨겨 마땅히 그들의 몫으로 돌아가야 할 재산을 부당한 방법으로 물려받는다. 또한 소송이 데니스의 승리로 끝난 뒤의 일이지만 데니스는 아서의 아내를 돈으로 매수하여 양심의 가책에서 벗어나려 한다. 물론 데니스가 의붓형제의 잘못된 행동을 바로잡으려 애쓰고 아서가 사망하기 전에는 그를 찾아가 여러모로 돌봐준 것은 사실이다. 그러나 의붓형제에 대한 이러한 선행에도 거짓 증언으로 아서의 재산을 가로채는 것은 도덕적으로 지탄받아 마땅하다. 도덕적으로 엄숙주의자라고 할 케이트에게는 더욱 그럴 수밖에 없을 것이다.

케이트는 도덕적으로나 법적으로나 약혼자의 비윤리적 행동을 도저히 묵인할 수 없다. 그녀는 데니스에게 그의 잘못을 공개적으로 고백하고 상속받은 돈을 되돌려줄 것을 요구한다. 그가 이러한 제안을 거부하자 케이트는 파혼을 결심하지만 끝내 망설인다. 그녀는 데니스가 어차피 다른 여성과 결혼할 것이고, 그의 아내는 그의 도덕적 타락에 대해 아무것도 모를 것이며, 또 그들 사이에서 태어날 아이는 아버지의 도덕적 타락을 그대로 물려받을 것이라고 걱정한다. 케이트는 그 아이가 "그 원인을 발견하기도 전에 파멸에 이를 어떤 숨겨진 신체적 결함을 갖고 태어나는 것처럼 비밀스러운 약점, 도덕심의 악을 상속받고 태어날 것이다"라고 생각한다. 그러한 아이를 태어나게 하는 것보다는 차라리 자기가 결혼하여 후대의 도덕적 타락을 막아내는 편이 더 낫다고 판단한다. 그래서 결국 케이트는 데니스를 이제 더는 사랑하지는 않지만 그와 결혼하기로 마음먹는다.《순수의 시대》의 주인공 뉴랜드 아처는 "결혼은 그가 배워온 대로 안전한 정박지가 아니라 해도에도 없는 바다를 헤쳐 나가는 항해"라고 말한다. 케이트의 결혼관도 아처와 크게 다르지 않다.

이 작품의 플롯 설정과 케이트의 성격 형성에서 가장 문제가 되는 것이 바로 이러한 결혼 결정이다. 그녀의 결혼 결정은 작중 인물의 성격 형성과 작품의 플롯 전개에 그야말로 터무니없는 설정이다. 헌신적인 케이트의 행동은 낭만주의 작품이라면 몰라도 당대 현실의 적확한 묘사나 재현을 중심 목표로 삼는 사실주의 작품에서는 좀처럼 볼 수 없다.

케이트의 이러한 결정은 비록 소설 미학의 관점에서 보면 문제가 있지만 적어도 도덕적으로나 윤리적으로는 의미가 적지 않다. 그녀는 자신을 희생하더라도 데니스의 자식만큼은 도덕적 타락에서 굳건히 지켜내고 싶다. 그녀는 데니스와 결혼하여 낳을 자식을 도덕적으로 단단히 무장시킬 생각이다. 《피난처》의 전반부와 후반부 사이에는 줄잡아 이십오 년의 시간적 추이가 있다. 작품 전반부에서 케이트와 결혼한 데니스는 결혼한 지 칠 년, 아들 딕이 여섯 살 때 아서한테서 물려받은 유산을 탕진한 뒤 사망한다. 작품 후반부는 성년이 된 데니스의 아들 딕이 하버드대학교를 졸업한 뒤 프랑스로 건너가 파리의 보자르 예술 학교에서 건축학을 전공하고 귀국하여 뉴욕시 5번가에 건축 사무실을 여는 것으로 시작한다. 뉴욕시는 거액의 현상금을 내걸고 새로 문을 열 조각 미술관의 디자인을 공모한 상태다. 거액의 상금이 걸린 만큼 이에 도전하려는 건축가들이 적지 않다. 물론 딕을 비롯한 야심만만한 젊은 건축가들에게는 이 공모전이야말로 더할 나위 없이 좋은 기회다.

그런데 작품 전반부에서 케이트가 겪는 도덕적 딜레마를 후반부에 이르러서는 딕 페이턴이 겪는다. 보자르에서 만난 미국인 폴 대로우가 갑자기 폐렴으로 사망하면서 자신이 응모하려고 설계한 미술관 도면을 딕이 사용하도록 허용한다. 클레먼스 버니라는 젊은 여성이 딕에게 폴의 도면을 사용하도록 부추기면서 사태는 더욱 복잡하게 얽힌다. 딕은 클레먼스를 자신의 성공에 더할 나위 없이 좋은 배우자로 생각한다. 그는 드러내놓고 어머니에게 클레먼스야말로 그의 성공에 좋은 수단이 될 것이라고 밝힌다. 그러면서 딕은 클레먼스가 그의 삶에 '새로운 삶의 활력'을 불어넣어줄 것이라든지, 그의 머리에 낀 안개를 날려보낼 '신선한 미풍' 같은 역할을 할 것이라든지 하고 말하며 어머니를 설득한다. 또한 딕은 클레먼스를 두고 어머니에게 "사물의 본질을 그토록 직접 꿰뚫어 보고 그토록 여러 가치를 파악하는 사람을 저는 이제껏 한 번도 본 적이 없어요. 그녀는 삶에 돌진해서 꼭 붙잡아요. 그러니 도저히 그녀를 그냥 보낼 수가 없어요"라고 단호하게 말한다.

케이트는 이렇게 딕이 뉴욕시 미술관 공모전과 관련하여 큰 유혹에 빠져 있다는 사실을 깊이 깨닫는다. 그러나 그녀는 아들이 여러 유혹을 받더라도 아버지처럼 도덕적 함정에 빠지지 않기를 간절히 바랄 뿐 직접 나서서 간섭하지는 않는다. 결국 딕은 갈등을 겪은 뒤 폴의 도면을 사용하지 않기로 결심하기에 이른다.

하지만 어머니께서 전에 말씀하시고 행동을 보여주신 일들이 계속 제게 돌아와 저와 제가 얻으려 시도하는 것 사이에 끼어들었어요. 제가 의지하던 친구들처럼 아무 말도 하지 않고, 마침내 제가 도저히 견딜 수 없을 때까지 저를 쳐다보면서 말이죠. 오늘 밤까지 저는 그걸 물리쳤지만, 그 작업을 마무리하려 사무실에 돌아왔을 때 또다시 어머니가 와 계셨어요. 그런데 어떻게 된 일인지는 잘 모르겠지만 어머니는 이제 더는 장애물이 아닌 피난처였어요.

위 인용문에서 딕이 그의 어머니에게 하는 말을 보면 데니스와 결혼하기로 한 케이트의 결정은 결국 옳은 것으로 판명된다. 딕은 적잖이 유혹을 받지만 결국 폴의 도면을 자기 도면으로 출품하지 않기로 결심하여 어머니의 기대를 저버리지 않는다. 딕에게 케이트는 그의 말대로 '장애물'이 아니라 '피난처'의 구실을 한 셈이다. 워튼이 이 작품에 '피난처'라는 제목을 붙인 것은 바로 그 때문이다. 딕은 계속하여 케이트에게 "저는 어머니께서 저를 위해 준비한 싸움을 할 만한 가치가 없어요. 하지만 그게 어머니가 해주신 결과라는 걸 어머니께서도 아셨으면 해요"라고 말한다. 그러면서 그는 "만약 어머니께서 한순간이라도 제 손을 놓으셨다면 저는 아마 아래로 떨어졌을 거예요. 그리고 만약 제가 아래로 떨어졌다면 저는 두 번 다시 살아서 올라오지 못했을 거예요"라고 솔직히 고백한다. 워튼은 앞으로 발표할 여러 작품에서 케이트 옴이나 딕 페이턴이 겪는 도덕적 딜레마를 겪으며 좀 더 성숙한 인간으로 변모해가는 작중 인물들을 다룬다.

19세기 말과 20세기 초에 출간된 대부분의 미국 소설은 이 무렵 미국에서 일어난 산업 혁명의 결과로 사회적 차원과 함께 도덕적 차원에서 일어난 큰 변화를 다룬다. 산업 혁명 이후 미국은 사회 동력이 달라지면서 도덕규범에 엄청난 변화가 생겼다. 상류 사회 일원으로 대부분 유럽 대륙에서 문학 활동을 한 워튼도 이러한 변화의 물결을 피해 갈 수는 없었다. 자신의 예술관을 밝히는 자리에서 워튼은 "작가의 임무는 상황이 작중 인물들에게서 무엇을 만들어낼지를 묻는 것이 아니라, 작중 인물들이 주어진 상황에서 무엇을 만들어낼지를 묻는 것이다"라고 밝혔다. 이 언급은 그녀의 문학을 이해하는 데 아주 중요한 단서다. 그러고 보니 워튼이 두 번째 출간한 중편 소설의 제목 '결심의 계곡'이 예사롭지 않다. 그녀의 작중 인물들은 거의 대부분 결심의 깊은 계곡 속에 갇혀 있다. 어떤 인물들은 이 계곡에서 무사히 빠져나오지만 다른 인물들은 계곡에서 좀처럼 헤어나지 못한 채 여전히 '삶 속의 죽음' 또는 '죽음 속의 삶'을 영위해간다.

3

 이디스 워튼이《피난처》에서 도덕적 딜레마와 함께 다루는 중심 주제는 이른바 '본성 대 양육'을 둘러싼 문제다. 인간의 인격이나 지적 능력 등에 유전자나 태내 환경에 따른 본성과 후천적인 양육 같은 주변 환경 중에서 과연 어느 쪽이 더 큰 영향을 미치는지는 그동안 서구에서 끊임없이 제기돼온 논쟁거리였다. 인간에게는 유전자의 힘이 더 강할까, 아니면 환경의 힘이 더 강할까? 비유적으로 말하자면 곡식이 잘 자라려면 씨앗이 더 중요한가, 아니면 씨앗이 뿌리를 내리고 성장하는 토양이 더 중요한가?

 그런데 이 논쟁의 역사를 거슬러 올라가다 보면 17세기에 활약한 윌리엄 셰익스피어를 만나게 된다. 낭만 희극《폭풍우》(1610~1611)에서 추방당한 밀라노의 공작 프로스페로는 칼리반을 두고 "타고난 악마 같으니, 어떻게 해도 그의 본성은/양육으로는 고쳐지지 않는구나./그렇게 공을 들였는데도 모두 헛수고가 됐어./자랄수록 몸이 흉측해지더니 마음까지 타락했구나"라고 한탄한다. 칼리반은 야만적이고 사악한 섬 주민이자 시코락스의 기형적으로 생긴 아들이다. 칼리반은 당시 프로스페로의 노예였지만 주인을 몹시 경멸한다. 위 대사는 프로스페로가 후천적 교육으로는 어찌할 수 없는 칼리반의 타고난 성격을 두고 하는 혼잣말이다. 물론 르네상스 시대에 게놈의 과학적 개념은 아직 없었지만 셰익스피어는 천성이나 본성이 힘이 무척 크다는 사실을 잘 알고 있었다.

18세기에 이르러 프랑스의 장 자크 루소와 독일의 이마누엘 칸트도 인간은 본성을 타고난다고 주장했다. 20세기에 들어와서도 미국의 언어학자 노엄 촘스키는 인간이 갖고 있는 태생적 언어 능력을 제시하면서 천성이나 본성의 중요성을 강조하고 나섰다. 그는 "말문이 조금 트인 아이가 전에 한 번도 들어본 적이 없는 문장을 자유롭게 말하는 것은 태생적으로 언어 능력을 갖고 있기 때문이다"라고 말하며 본성의 힘을 강조했다. 미국의 진화 심리학자 스티븐 핑커는 《빈 서판》(2002)에서 마음을 연구하는 인지학, 뇌를 탐구하는 신경학, 진화 심리학 등의 연구 결과를 토대로 기존의 양육 이론을 비판했다. 그는 "태어난 후 다른 환경에서 자란 일란성 쌍둥이와 다른 부모에게서 태어났지만 같은 부모 밑에서 자란 두 명의 입양아를 비교했을 때, 다른 환경에서 자란 일란성 쌍둥이가 같은 환경에서 자란 입양아보다 성품, 지능, 습관 등이 훨씬 비슷하다"라는 실험 결과를 내놓았다. 2001년에 게놈 프로젝트가 완성되면서 인간 유전자가 밝혀진 뒤 본성 이론이 양육 이론을 압도하기 시작했다.

한편 영국의 경험론자들은 루소와 칸트와는 달리 본성을 부정하고 양육 쪽에 손을 들어줬다. 가령 존 로크는 사람의 마음을 '타불라 라사', 즉 아무것도 쓰지 않은 텅 빈 서판에 비유했다. 로크는 인간의 마음이 아무 개념도 담겨 있지 않은 흰 종이와 같아서 그 내용은 경험으로 채워진다고 주장했다. 미국의 행동주의 심리학자 존 왓슨은 러시아 생리학자 이반 파블로프의 조건 반사 이론을 발전시켜 오직 훈련만으로도 인간의 성격을 바꿀 수 있다고 지적했다. 인간과 사회의 관계에 처음 구조적으로 접근한 프랑스의 사회학자 에밀 뒤르켐은 사회 현상을 생물학적 요인으로는 설명할 수 없다고 못 박았다.

그러나 19세기 후반에 이르러 '본성 대 양육'을 둘러싼 문제는 문학이나 철학의 영역에서 점차 과학의 영역으로 옮겨갔다. 찰스 다윈은 《종의 기원》(1859)에서 인간 본성에 관한 보편성을 입증했다. 그의 사촌 프랜시스 골턴은 '본성 대 양육'을 과학적 용어로 맨 처음 사용했다. 골턴은 《유전적 천재》(1869)라는 책에서 천재란 과연 태어나는가, 아니면 만들어지는가 하는 질문을 던지고 이 질문에 답했다. '본성 대 양육' 문제는 20세기 들어와 공산주의의 양육 옹호론과 나치주의의 본성 옹호론으로 대립됐다. 이러한 유전 결정론과 환경 결정론을 둘러싼 문제는 마치 시계추처럼 두 극단을 오가며 첨예한 과학적 논쟁이 됐고, 지금도 인간 게놈 프로젝트와 관련하여 여전히 논쟁이 끊이지 않고 있다.

워튼이 본격적으로 작품 활동을 시작하던 20세기 초엽에 '본성 대 양육'의 문제는 미국 학계와 사회에서 다시 한번 큰 화제가 됐다. 사회 문제에 관심을 기울이던 그녀로서는 이 문제에 무관심할 수 없었다. 워튼이 찰스 다윈의 진화론에 관심이 많았다는 것은 잘 알려진 사실이다. 그녀는 다윈을 그의 영혼을 일깨워준 인물 중 한 사람으로 꼽았다. 자서전《뒤돌아보는 시선》(1934)에서 그녀는 스물두 살 때《종의 기원》을 처음 읽고 등골이 오싹할 정도로 큰 충격을 받았다고 고백했다. 오죽하면 워튼이 세 번째 단편집에 '인간의 타락과 그 외 단편 소설'이라는 제목을 붙였겠는가? 워튼은 '본성과 양육'을 둘러싼 문제를《피난처》에서 처음 다룬 뒤《여름》에 이르러 젊은 여성 주인공 채리티 로열을 통해 좀 더 본격적으로 다룬다.

그렇다면 워튼은《피난처》에서 '본성 대 양육'의 문제를 어떻게 소설 작품으로 형상화하는가? 이 작품의 전반부에서 케이트 옴의 태도는 가변적이다. 데니스의 도덕적 타락이 자식에게 유전될지 모른다고 걱정한다는 점에서는 본성을 중요하게 생각한다. 데니스가 다른 여자와 결혼하여 둘 사이에서 태어날 아이는 아버지의 도덕적 타락을 그대로 물려받을 것이라고 생각한다. 케이트는 그 아이가 "그 원인을 발견하기도 전에 파멸에 이를 어떤 숨겨진 신체적 결함을 갖고 태어나는 것처럼 비밀스러운 약점, 도덕심의 악을 상속받고 태어날 것이다"라고 생각한다는 점을 다시 한번 주목해야 한다. 여기에서 키워드는 '도덕심의 악'과 '상속'으로 두 어휘 모두 유전적 힘과 관련돼 있다.

그러나 케이트가 데니스와 결혼하여 자식을 낳으면 힘닿는 데까지 자식에게 최고의 도덕적 규범을 불어넣어 아버지의 악을 물려받지 않도록 하겠다고 다짐한다는 점에서 그녀는 본성보다는 양육을 더 중요하게 생각한다. 자기를 희생하더라도 데니스와 결혼하기로 마음먹고 난 뒤 케이트는 "무엇인가가 자아의 표면에 틈을 만들어놓았고, 그 틈에서 신비스러운 원초적 영향력, 여성의 희생 본능, 아직 태어나지 않은 어린아이와 그 아이의 운명 사이에 간절하게 온몸을 던지고 싶은 정신적 모성의 정열이 솟아올랐다"라고 고백한다. 여기에서 케이트가 '온몸을 던진다'느니 '모성의 정열이 솟아올랐다'느니 하고 말한다는 것은 어디까지나 양육의 힘을 믿는 태도로 볼 수 있다.

2부가 시작할 때 데니스는 이미 사망한 상태고, 아들 딕은 벌써 대학을 졸업한 청년으로 성장했다. 남편의 도덕적 타락을 잘 알고 있는 케이트로서는 그동안 아들의 양육과 훈육에 남다른 관심을 쏟았다. 물론 딕을 키우는 동안 그녀에게 회의가 든 적이 없었던 것은 아니다. 케이트는 한 장면에서 "그녀는 사랑과 평생에 걸친 경계심이 조상에게서 물려받은 성향을 비껴가는 데 얼마나 무력한지 생각하고는 가끔 몸서리칠 때가 있었다"라고 솔직하게 고백한다. 그러나 "부조리하기 때문에 나는 믿는다"라는 최초의 라틴 신학자 테르툴리아누스의 말을 받아들이기라도 하듯이 케이트는 때로는 자신의 신념에 회의하면서도 그 신념을 끝까지 밀고 나간다.

케이트 페이턴 부인은 물질적 보상을 건전하게 경멸하도록 딕을 **훈육**했다. 이런 목적에서 그의 **본성**은 그녀의 훈육을 도와준 것 같았다. 그는 진정으로 돈에 무관심했고, 그가 아름다움을 즐기는 것은 다행스럽게도 물질을 소유하고 싶다는 소망을 갖게 하지 않았다. (…) 페이턴 부인은 딕이 지나치게 물질 조건을 무시하도록 **훈육**했다. 하지만 지금은 그렇게 하여 **천성**적으로 고양된 기질에 너무 큰 부담을 주지는 않았는지 자문하기 시작했다. 다른 경향을 경계하면서 그녀는 어쩌면 **환경** 탓에 보기 드물게 그녀 자신이 **계발**한 그런 **자질**만을 딕에게 유독 강요했는지도 모른다. (강조는 역자)

물론 워튼은 이 작품 전체에서 본성이나 성격을 뜻하는 'nature'를 무려 열두 번 언급하지만 양육이나 훈육을 뜻하는 'nurture'는 단 한 번도 사용하지 않는다. 그러나 그녀는 'nurture'에 가까운 어휘로 'bring up'이라는 구동사나 'train' 또는 'cultivate'라는 동사를 즐겨 사용한다. 위 인용문에서 굵은 글씨로 표기한 '본성', '천성', '훈육', '기질', '환경', '계발', '자질' 등은 '본성'과 '양육'의 다른 표현으로 보아도 크게 틀리지 않다. 한마디로 케이트는 딕이 도덕적 판단을 하는 데는 궁극적으로 본성보다는 양육과 훈육의 힘이 크게 작용했다는 사실을 깨닫는다. 케이트도 고백하듯이 그녀가 딕을 훈육하는 태도는 가끔 지나칠 때가 없지 않았다. 이 점과 관련하여 서술 화자는 케이트를 "당황한 짐승을 향해 채찍을 들고 있는 조련사"에 빗댄다.

딕이 성년이 되면서부터 케이트는 직접 그를 가르치기보다는 간접적으로 그가 자신의 길을 스스로 선택하도록 유도한다. 아버지 데니스가 아서의 재산 상속을 두고 쉽게 물질적 유혹에 굴복했다면, 딕은 폴의 미술관 설계 도면을 두고 적잖이 고뇌하면서 갈등을 겪는다. 그는 클레먼스 버니와의 약혼 문제가 달려 있기에 이 문제를 해결하는 데 더더욱 갈등을 느낄 수밖에 없다. 딕은 어머니에게 폴 대로우의 편지를 보여준 것을 후회한다. 만약 그 편지를 보여주지 않았더라면 폴의 설계 도면을 좀 더 감쪽같이 사용할 수 있을 것이기 때문이다.

그런데도 딕은 어머니가 뒤에서 묵묵히 지켜보면서 그의 결심을 기다리고 있다는 사실을 깨닫는다. 오페라를 관람한 뒤 케이트가 한밤중에 아들의 사무실을 방문하는 장면은 이 점을 잘 보여준다. 딕은 뜻하지 않게 사무실에서 어머니를 발견하고는 어린애처럼 한 팔로 그녀를 감싸안고 의자로 끌고 간다. 양탄자를 깔지 않은 맨바닥에서 그는 어머니 앞에 무릎을 꿇고 그녀의 무릎에 얼굴을 파묻는다. 그러자 그녀는 두 손으로 아들의 머리칼을 부드럽게 쓰다듬는다. 두 사람 모두 한동안 말이 없다가 한참 뒤에야 딕은 고개를 쳐들고 어머니가 모든 것을 알고 있었던 것 같다고 고백한다.

아, 어머니가 제 주변에 없었으면 한 적도, 그러니까 다른 사람들의 관점에서 사물을 바라볼 수 있도록 어머니에게 등을 돌리려고 애쓴 적도 있었어요. 하지만 어머니는 늘 그 자리에 계셨어요. 한 번도 어긋난 적이 없었다고요. 그리고 저는 어머니께 모든 일을 설명하는 것, 어머니를 설득해 제 사고방식을 받아들이게 하는 데 지쳤어요. 어머니는 멀리 가 버리지도 않으셨고, 그렇다고 더 가까이 다가오지도 않으셨어요. 바로 그 자리에 서서 제가 하는 모든 일을 지켜보셨어요.

딕은 어머니가 그동안 자기 문제에 직접 개입하지는 않았지만 부담스러운 적이 있었다고 솔직하게 밝힌다. 이제 성년이 된 그는 어머니의 간섭 없이 홀로 서고 싶기 때문이다. 딕은 혼자서 자신의 이론을 만들어내고 싶었다고 말하면서 "만약 어머니가 뭐라고 한마디 하셨다면, 만약 제게 영향을 끼치려 하셨다면 주문(呪文)이 깨졌을 거예요"라고 밝힌다. 그러면서 딕은 어머니가 이제 더는 '장애물'이 아니라 '피난처'였다고 고백하기에 이른다. 이 장면에서 워튼은 한 인간의 인격 형성에 본성보다는 양육이나 훈육이 더 큰 힘을 떨친다는 점을 보여줄 뿐 아니라 한발 더 나아가 그 방법론까지도 제시한다. 말을 호수로 인도할 수 있을지는 모르지만 물을 먹게까지는 할 수 없다는 서양 격언이 있다. 케이트는 딕을 호수로 인도해줄 뿐 억지로 물을 먹도록 하지는 않았다.

유전의 힘을 어느 정도 인정하면서도 환경의 힘을 믿는 워튼의 태도는 어떤 의미에서 《붉은 여왕》(1993)과 《생명 설계도, 게놈》(1999)의 저자로 한국에도 잘 알려진 영국의 과학 저널리스트 매트 리들리의 이론과 비슷하다. 《본성과 양육》(2003)에서 리들리는 인간 존재를 본성이나 양육 중 어느 하나로 규정지으려는 이분법적 대립 구도에 의문을 품고 '양육을 통한 본성'이라는 새로운 이론의 틀을 제시하여 관심을 끌었다. 리들리에 따르면 유전자는 양육에 의존하고 양육은 유전자에 의존한다. 다시 말해서 유전자는 곧 행동의 원인이자 결과이고 양육의 중개인이라는 것이다. 리들리의 "유전자를 두려워하지 말라. 유전자는 신이 아니라 톱니바퀴다"라는 말은 바로 이 점을 지적한 것이다.
　좀 더 최근에 이르러 리들리의 주장은 여성 물리학자요 페미니즘 이론가인 이블린 켈러가 더욱 뒷받침했다. 그녀는 《본성과 양육이라는 신기루》(2010)에서 본성과 양육의 문제를 이항 대립적 관계로는 풀 수 없다고 지적한다. 켈러는 이 두 가지가 상호 배타적 관계가 아니라 어디까지나 상호 보완적 관계를 맺고 있다고 주장한다. 그녀는 "환경적 요소가 없다면 유전자는 각 개체의 발생을 실현할 힘을 갖지 못하고, 반대로 유전자가 존재하지 않는 상태에서의 환경도 역시 마찬가지다"라고 말한다.

4

이디스 워튼이 《피난처》에서 정신 분석의 측면에 관심을 기울인다는 점도 눈길을 끈다. 그녀는 이 작품에서 흔히 '이오카스테 콤플렉스'로 일컫는 복합 심리를 조심스럽게 다룬다. 스위스의 심리 분석학자 레몽 드 소쉬르가 창시한 이 용어는 두말할 나위 없이 그리스 신화와 로마 신화에 바탕을 둔 소포클레스의 《오이디푸스 왕》에 등장하는 이오카스테에게서 비롯한다. 오이디푸스 콤플렉스가 아들이 아버지를 배척하고 어머니에게 성적 애착을 느끼는 이상 증상이라면, 이오카스테 콤플렉스는 어머니가 남편을 배척하고 아들에게 성적 애착을 느끼는 이상 증상을 말한다. 물론 엄밀히 말하면 오이디푸스 신화나 소포클레스의 비극은 운명에 농락당하는 인간을 다룰 뿐 성적 취향이나 성욕과는 전혀 관련이 없다는 이유를 들어 이 용어들의 적절성을 문제 삼는 학자들도 없지 않다.

소쉬르에 따르면 남편과 사이가 좋지 않거나 남편을 일찍 여읜 여자들에게서 이러한 증상이 흔히 나타난다. 아들이 어머니에게 성적 애착을 느끼는 오이디푸스 콤플렉스나 딸이 아버지에게 성적 애착을 느끼는 엘렉트라 콤플렉스와는 달리, 이오카스테 콤플렉스는 그 대상이 자식이라는 점에서 좀 더 심각하다. 그 대상이 어린아이라면 문제는 훨씬 더 심각할 수밖에 없다. 더구나 이오카스테 콤플렉스가 심각한 문제가 되는 것은 로마 황제 칼리굴라의 여동생 아그리피나와 그녀의 아들 네로의 경우처럼 정신적 학대와 성적 학대가 동반되거나, 어머니가 아들을 남편의 대리인이나 자신의 속박 대상으로 삼는 경우다.

오이디푸스 콤플렉스는 러시아의 작가 미하일 불가코프의 《거장과 마르가리타》(1967)를 비롯하여 D. H. 로런스의 《아들과 연인》(1913), 유진 오닐의 《얼음장수의 왕림》(1939), 제임스 디키의 《구조》(1970) 등에서 주로 다뤄졌다. 엘렉트라 콤플렉스는 실비아 플라스와 앤 섹스턴 같은 여성 시인들이 시 작품에서 조금 다뤘을 뿐이다. 그러나 이오카스테 콤플렉스는 그동안 문학 작품에서 좀처럼 다뤄지지 않았다. 적어도 이 점에서 《피난처》는 주목할 만하다. 비록 남편과는 소원한 관계에 있었지만 자식이 없던 워튼이 이 주제에 관심을 기울였다는 것이 의외라면 의외라고 할 수 있다.

워튼은 《피난처》에서 이오카스테 콤플렉스를 드러내놓고 다루지 않고 어디까지나 에둘러 다룬다. 그래서 작품을 좀 더 찬찬히 눈여겨 읽지 않으면 자칫 이 점을 놓치기 쉽다. 남편 데니스가 사망하자 케이트와 아들 딕의 관계가 정서적으로 깊어진다. 소설의 서술 화자는 "딕은 성격이 활달했고, 어머니와 무척 친밀했다. 그런 친밀함은 그의 아버지가 일찍 사망하면서 더욱 강해졌다"라고 말한다. 두 사람의 '친밀함'은 딕이 학교생활을 하던 동안에는 자연스럽게 조금 줄어들었지만 파리에서 조그마한 아파트를 얻어

사 년 동안 함께 살면서 다시 회복되었다. 케이트의 몇몇 친구들이 "아들의 삶에 너무 두드러지게 역할을 한다"라고 그녀를 비난할 정도다. 그런데 문제는 이 '친밀함'을 어떻게 해석하느냐에 있다. 편모와 아들 사이에 느끼는 통상적인 감정인지, 아니면 그 정도를 벗어나는 이상 심리인지 찬찬히 따져봐야 한다.

이오카스테 콤플렉스와 관련하여 워튼은 '친밀함'이라는 어휘와 함께 '낭만적 우정'이라는 어휘를 사용한다. 케이트가 딕의 건축 사무실을 방문하는 장면에서 서술 화자는 "딕은 분명히 어머니의 치마 끝을 붙들고 살아가는 그런 나약한 아들이 아니었다. 오히려 딕은 겉으로 보기에는 단호하고 자족적인 젊은이로 어머니와의 낭만적 우정은 각이 진 젊음에 온화함이라는 베일을 씌워주는 역할을 할 뿐이었다"라고 말한다. 친구도 아닌 어머니를 향한 '낭만적 우정'은 어딘지 모르게 어머니와 아들의 통상적 관계를 벗어나는 말처럼 들린다. 또한 그러한 우정이 딕의 모난 젊음에 '온화함이라는 베일'을 덮어주는 역할을 한다는 것도 아들에 대한 어머니의 성적 애착으로 읽힌다.

딕이 케이트에게 클레먼스와의 약혼을 알리는 장면은 이를 보여주는 더할 나위 없이 좋은 예다. 어느 날 밤 케이트는 아들이 공모전 작품 일로 사무실에서 작업하는 것으로 생각하지만 그는 클레먼스의 집에서 그녀와 함께 시간을 보낸다. 그날 밤 딕은 늦게 집에 돌아와 갑자기 어머니에게 클레먼스와 약혼했다는 소식을 알린다.

"어머니! 저를 기다리고 계실 줄 알았어요!"

그는 이제 가슴에 어머니를 안고 그녀 머리칼에 키스를 퍼부었다.

"어머니는 제게 일어나는 일이라면 무엇이든 다 알고 있다고 제가 늘 말했지요. 지금 어머니는 오늘 밤 제가 어머니를 원한다는 걸 짐작하셨어요."

그녀는 애정 어린 포옹에서 힘없이 몸을 빼냈다.

"무슨 일이 있었던 거니?"

그녀가 뒤로 물러나 놀란 표정으로 아들을 바라보며 나지막하게 말했다. 딕은 소파로 어머니를 안내한 뒤 옆에 털썩 앉아 소년이 자기 행복감을 어루만져주기를 바라는 듯한 태도로 그녀의 손을 다시 잡았다.

딕이 어머니를 가슴에 안고 머리칼에 키스를 퍼붓는 것도, 얼마 뒤 그녀가 '애정 어린 포옹'에서 힘없이 몸을 빼내는 것도, 딕이 소파에 앉아서 다시 그녀의 손을 잡는 것도 일반적인 어머니와 아들의 관계로 보기에는 석연치 않다. 케이트가 한밤중에 건축 사무실로 딕을 찾아가 그를 만나는 마지막 장면은 이오카스테 콤플렉스를 좀 더 뚜렷이 보여준다. 한밤중에 밀폐된 공간에서 두 사람이 보이는 일련의 행동은 통상적인 어머니와 아들의 관계를 벗어나는 것처럼 보인다. 서술 화자는 "하지만 딕은 어린애처럼 한 팔로 어머니를 감싸 테이블 사이에 있는 딱딱한 의자 중 하나로 끌고 갔다. 양탄자를 깔지 않은 맨바닥에서 딕은 페이턴 부인 앞에 무릎을 꿇고는 그녀의 무릎에 얼굴을 파묻었다"라고 말한다. 화자는 계속하여 "그녀는 두 손으로 그의 머리칼을 부드럽게 쓰다듬고 무릎에 그의 머리 온기를 느끼며 가만히 앉아 있었다"라고 밝힌다. 딕은 절반은 도전적 자세로, 절반은 방어적 자세로 어머니 위에 서 있다. 이 장면에서 케이트와 딕은 어머니와 아들보다는 차라리 다정한 연인에 가깝다.

케이트와 딕의 '친밀함'과 '낭만적 우정'은 아들이 마침내 건축가로서 야망을 포기한 채 폴 대로우의 설계 도면을 사용하지 않기로 결심하면서 더욱 깊어진다. 어머니 옆에 의자를 끌고 와 털썩 주저앉는 딕은 슬그머니 두 손으로 다시 어머니의 손을 잡고는 마치 "어린아이처럼 그녀의 어깨에" 머리를 기댄다. 이 장면에서도 케이트와 딕은 어딘지 모르게 어머니와 아들의 모습보다는 다정한 연인의 모습으로 보인다.

그런데 딕이 건축 공모전의 응모를 포기한다는 것은 곧 그가 그토록 좋아하던 클레먼스 버니와의 약혼을 파기한다는 것을 의미한다. 클레먼스와의 파혼은 딕으로서는 웬만한 결단이 아니고서는 결심할 수 없는 일이다. 그러나 케이트는 처음 만날 때부터 클레먼스를 비판의 눈길로 바라보면서 질투심 비슷한 감정을 느낀다. 실제로 소설의 서술 화자는 "페이턴 부인의 다른 감정 밑바닥에는 막연한 질투심이 꿈틀거렸다. 그녀는 지금 자기 아이를 판단하는 특권이 처음 침해받을 때 느끼는 고뇌를 겪고 있었다"라고 말한다. 케이트는 그동안 편모슬하에 애지중지하며 키운 아들을 다른 여성에게 빼앗기는 것 같은 심정이었을 것이다.

클레먼스에 대한 케이트의 태도는 작품 전체에서 크게 세 번 변화 과정을 겪는다. 건축 사무실에서 처음 두 사람이 만날 때 케이트는 그녀의 진면목을 알고 싶은 호기심과 기대에 한껏 부풀어 있다. 한 친구 집에서 열린 아침 음악회에서 클레먼스를 두 번째로 만나면서 케이트는 딕의 연약한 감성이 클레먼스의 열정에 휩쓸릴 것 같은 불안감에 사로잡힌다. 그리고 뉴욕 오페라 하우스에서 세 번째로 만날 때 케이트는 클레먼스에게 분노와 수치심과 패배감을 느낀다.

케이트가 클레먼스에게 분노와 수치심과 패배감을 느끼는 것은 폴 대로우의 설계 도면을 두고 두 사람의 의견이 크게 엇갈리기 때문이다. 클레먼스는 폴이 딕에게 자기 도면을 사용해도 좋다고 허락한 이상, 더구나 그 사실을 증명할 편지까지 있는 이상 딕이 그 도면을 이용하여 응모해도 아무런 문제가 없다고 생각한다. 한편 케이트는 딕이 폴의 설계 도면을 사용하는 것이 양심에 어긋나는 '부정직한 행위'라고 생각한다. 그러면서 케이트는 만약 딕이 공모전에 입선한다면 사기로 입선하는 것이라고 지적한다. 그러자 클레먼스는 케이트의 주장에 맞서 딕의 행위는 전혀 사기 행위가 아니라고 확신에 차서 반박한다. 클레먼스는 딕이 폴의 병간호를 하느라고 자신의 작업을 제대로 하지 못했다는 점, 만약 딕에게 시간이 충분히 있었더라면 어쩌면 폴의 설계 도면보다도 더 훌륭한 도면을 만들어냈을 것이라는 점을 들어 딕이 폴의 설계 도면으로 공모전에 출품해도 아무런 문제가 없다고 주장한다.

케이트에게 클레먼스는 어느 모로 보나 이른바 '신여성'에 속하는 인물이다. 19세기 말과 20세기 초 미국에서 여성과 여성성에 관한 새로운 이미지가 형성되기 시작했다. 미국이 산업 사회로 진입하면서 노동, 사회 활동, 교육, 정치, 결혼 등의 영역에서 새로운 형태의 젠더 기준과 역할이 생겨났다. 신여성들은 관념과 행동에서 전통적인 여성들과는 여러모로 크게 달랐다. 스코틀랜드의 종교 개혁가이자 신학자로 스코틀랜드 장로교회를 창시한 존 녹스는 남성 중심의 가부장 질서에서 해방된 여성들을 '괴물 같은 무리'로 간주한 것으로 악명이 높다. 워튼은 녹스의 이러한 주장에 은근히 동조했다. 그래서 그런지 《피난처》의 서술 화자는 신여성에 대해 "활동은 열광적이고 판단은 광범위한 여성으로 바로 그 융통성 때문에 정의를 내리기가 어려웠다"라고 밝힌다. 이 말은 얼핏 보면 신여성을 칭찬하는 것처럼 보이지만 실제로는 비판의 가시가 돋쳐 있다. 케이트에게 클레먼스는 겉으로는 민첩하고 유능해 보일지 모르지만 어딘지 모르게 신뢰가 가지 않는 인물이다. 남편도 없이 외아들 딕을 혼자서 양육해온 케이트로서는 아들의 연인을 평가하는 데 더더욱 까다로울 수밖에 없을 것이다.

이 점을 감안한다 해도 클레먼스는 전통적 가치를 중시하는 케이트와는 여러모로 큰 차이가 있다. 케이트는 음악회에서 클레먼스 버니를 두 번째로 만나고 집에 돌아오면서 신체적으로 격렬하게 활동한 뒤 느끼는 피곤함을 느낀다. 서술 화자는 "클레먼스 버니와의 대화는 실제 전투, 손목과 눈으로 겨루는 전투와 같았다"느니, "자기 아들을 적에게 넘겨준 것처럼 느껴서였다"느니 하고 말하는 것을 보면 당시 케이트의 심적 상태가 어떠했는지 쉽게 미뤄볼 수 있다.

《피난처》의 서술 화자가 클레먼스 버니를 두고 "미스 버니의 거무스름한 가냘픈 몸매는 사무실의 텅 빈 벽을 배경으로 두드러져 보여 마치 도나테로가 조각한 젊은 시절의 세례자 요한과 닮아 보였다"라고 말하는 점을 좀 더 찬찬히 눈여겨봐야 한다. 여기에서 무엇보다도 먼저 눈에 띄는 것은 르네상스 시대의 조각가 도나텔로의 세례자 요한 조각상이 언급된다는 점이다. 화자는 클레먼스가 젊은 시절의 세례자 요한 모습과 닮았다고 말하지만, 그가 언급하는 조각상에서 요한은 젊은이의 모습이 아니라 성경을 들고 있는 노령의 모습이다. 15세기 초에 도나텔로는 세례자 요한을 나무 조각에 채색한 또 다른 작품을 완성했다. 이 나무 조각상에서 그는 성경 대신 "보라, 하나님의 어린 양"이라는 문구가 쓰인 두루마리를 들고 있다. 클레먼스가 비록 신체적으로는 젊을지 모르지만 가치관은 기성세대 못지않다는 점을 암시하는 대목이다. 실제로 화자는 "페이턴 부인은 그녀보다 더 기민하고 유능한 여성을 만나본 적이 한 번도 없었다. 얼음이 녹는 듯한 우아한 선과 색깔은 젊음이라는 매력적인 안개로 그녀의 모난 부분을 부드럽게 했다. 하지만 미스 버니를 비판적으로 보는 사람의 눈에는 나이 든 여성이 그날 아침 안개를 헤치고 나온 것 같았다"라고 말한다.

물론 케이트와 딕의 행동에서 어떤 성적 의미를 찾아내는 것은 조금 지나친 해석일지도 모른다. 그러나 두 사람의 관계에서 심지어 근친상간을 읽어내는 학자들이나 비평가들도 있다. 그동안 예일대학교가 소장하던 워튼 자료가 1968년에 공개되면서 워튼 작품에 명시적으로 언급됐거나 암시된 근친상간 문제가 새롭게 주목받기 시작했다. 가령 〈베아트리체 팔마토〉를 비롯한 미완성 유고는 근친상간을 비롯한 문제를 좀 더 솔직하게 다룬다. 워튼이 이러한 작품들을 발표할 수 없었던 것은 당시 사회 풍조나 독자들의 정서에 크게 어긋났기 때문이었다.

그러나 《피난처》에서 근친상간을 읽어낼 수는 없을지 몰라도 적어도 이오카스테 콤플렉스를 읽어내는 것은 그다지 무리가 아니다. 레몽 드 소쉬르가 "좌지우지하지만 성과 관련 없는 모성을 포함하는, 정상에서 벗어나는 애정"도 이오카스테 콤플렉스의 예로 간주한다는 점을 염두에 둬야 한다. 특히 그에 따르면 이러한 증상은 아들이 지적일 때와 아버지가 부재할 때 두드러지게 나타나게 마련이다.

한편 서술 화자가 언급하는 "미스 버니의 거무스름한 가냘픈 몸매"를 다시 한번 주목할 필요가 있다. 화자는 클레먼스의 '가냘픈 갈색 옆모습' 말고도 '거무스름한 피부'를 언급하기도 한다. 이렇게 클레먼스의 피부를 한 번도 아니고 여러 번 반복하여 언급하는 것이 예사롭지 않다. 어쩌면 그녀의 인종이 앵글로 색슨계의 백인이 아닐지 모른다는 생각을 낳게 한다. 만약 클레먼스가 유색 인종이라면 백인 우월주의가 큰 힘을 떨치던 20세기 초엽 미국에서 그녀의 신분은 크게 달라질 수밖에 없다. 뉴욕 상류층에 속하는 케이트로서는 그녀를 며느리로 받아들이기가 더더욱 어려웠을 것이다.

5

이디스 워튼의 《피난처》는 다양한 주제를 다루는 것과는 달리 구성 형식에서는 비교적 단순하다. 중편 소설로 분류할 수 있는 이 작품은 1부와 2부로 구성돼 있고, 그 사이에는 줄잡아 이십오 년이 가로놓여 있다. 전반부와 후반부에 걸쳐 케이트 옴이 주요 인물로 등장할 뿐 아니라 도덕적 딜레마라는 공통적 주제를 다룬다는 점에서 유기적 통일성을 찾아볼 수 있다. 전반부에서는 케이트 옴/데니스 페이턴/아서 페이턴의 삼각관계가 플롯의 주축을 이룬다면, 후반부에 이르러서는 딕 페이턴/클레먼스 버니/폴 대로우의 삼각관계가 플롯의 주축을 이룬다. 작품의 서술 화자는 "데니스 페이턴은 결혼한 지 칠 년 뒤 그의 아들이 겨우 여섯 살밖에 되지 않았을 때 사망했다"라는 문장으로 1부와 2부 사이에 놓인 사반세기 시간을 훌쩍 뛰어넘는다. 적어도 작품 구성에서 본다면 이 소설은 모래시계처럼 허리가 잘린 작품과 같다.

워튼은 미국 작가 중에서 헨리 제임스, 싱클레어 루이스, F. 스콧 피츠제럴드와 사귀었고, 프랑스 작가 중에서는 장 콕토와 앙드레 지드 등과 친교를 맺었다. 그중에서도 헨리 제임스는 워튼의 문학적 스승이요 친구였다. 문학사에서 보면 워튼은 제임스처럼 시기적으로나 예술적으로나 리얼리즘에서 모더니즘으로 이행하던 과도기에 활동했다. 그러나 제임스의 리얼리즘은 작중 인물들이 겪는 미묘한 심리적 갈등이나 내면세계에 초점을 맞춘다는 점에서 흔히 '심리주의적 리얼리즘'으로 일컫는다. 이 유형은 같은 리얼리즘 전통에 속하면서도 마크 트웨인처럼 특정 지방의 향토적 특징에 무게를 싣는 '지방적 리얼리즘'이나 윌리엄 딘 하우얼스처럼 결혼이나 이혼 같은 가정 문제를 다루는 '가정적 리얼리즘'과는 조금 결이 다르다. 워튼의 리얼리즘은 당대의 사회적 현실을 비판한다는 점에서 '사회 풍자적 리얼리즘'으로 부를 수 있다. 물론 《피난처》처럼 여성 작중 인물의 내적 갈등도 게을리 하지 않지만 제임스와 비교하여 사회 문제 쪽에 좀 더 관심을 기울이기 때문이다. 지금은 사정이 조금 달라졌지만 살아 있을 때는 워튼이 헨리 제임스보다 오히려 인기가 훨씬 더 높았다.

우리가 그동안 잊히다시피 한 《피난처》에 새삼 주목하는 이유는 이 작품에 앞으로 워튼이 유감없이 전개할 문학적 요소의 씨앗이 거의 대부분 뿌려져 있기 때문이다. 가령 뉴욕 같은 대도시뿐 아니라 뉴잉글랜드 시골 지방에서 힘겹게 살아가는 여성들의 고단한 삶, 힘겨운 연애와 실패한 결혼, 부모와 자식의 긴장과 갈등, 도덕적 딜레마, 도덕적 선택에 따른 치명적 결과 등은 워튼이 평생 길이와 관계없이 모든 장르의 소설에서 다루게 될 주제다. 이 작품에는 자살과 근친상간 같은 문제와 미술관과 건축 같은 모티프도 처음 등장한다. 형식과 기교에서도 워튼은 작중 인물들의 과묵이나 침묵, 회피 등을 중요한 모티프로 다루기도 한다. 《피난처》에서 워튼은 이와 관련한 어휘를 무려 마흔 번 정도 사용한다. 또한 워튼은 유난히 줄표(—)를 많이 사용하여 일부러 문장의 자연스러운 흐름을 차단해 이른바 '수사적 침묵' 수법을 시도한다. 영어를 비롯한 서양어에서 줄표는 괄호를 사용하는 것처럼 삽입 어구로 제시하는 진술이나 언급을 추가하거나 의미를 강조하기 위해 사용하는 문장 부호다. 워튼은 피츠제럴드처럼 조금 지나치다 싶을 만큼 줄표를 자주 사용한다. 다만 한국어에서는 줄표를 잘 사용하지 않기에 이를 말줄임표나 괄호, 마침표 등으로 대치했다.

한마디로 워튼 문학의 높은 산을 오르려는 독자들에게 《피난처》는 더할 나위 없이 좋은 안내자 역할을 한다. 등산에서는 교통수단이 없어진 지점에서 그 산의 등산로가 되는 초입, 또는 등산로를 개척할 등반 출발점까지를 '어프로치'라고 부른다. 등산에 빗댄다면 이 작품은 '피난처'라기보다는 어프로치나 등산 출발점에 가깝다. 한국 독자들에게 잘 알려진 《환락의 집》과 《순수의 시대》 같은 장편 소설이나 《이선 프롬》과 《여름》 같은 중편 소설이 워튼 문학의 정상이라면, 《피난처》는 정상에 오르는 데 반드시 거쳐야 할 출발점이다. 정상을 차지하는 작품들이 창공에 훨훨 나는 어미 새들이라면, 《피난처》는 이제 날개를 막 펴고 하늘을 향해 비상하려는 새끼 새와 같다. 새끼 새는 비록 어미 새보다는 작을지라도 어미 새의 자질을 두루 갖추고 있다.

옮긴이

이디스 워튼 연보

1862년　본명은 이디스 뉴볼드 존스로, 뉴욕 명문가인 존스 가문에서 삼 남매 중 막내이자 외동딸로 태어났다.

1866년　가족과 함께 유럽으로 이주하여 1972년에 미국으로 돌아오기까지 이탈리아 로마와 피렌체, 프랑스 파리, 독일 바트 빌드바트 등지에서 거주했다. 이 시기에 스페인 여행을 다녀오기도 했다.

1873년　이때부터 이후 두어 해 동안 프랑스어와 독일어를 배웠고, 가정에서 개인 교육을 받았다.

1877년　전해부터 남몰래 쓰기 시작한 중편 《경솔하다》를 완성했다.

1878년　시집 《시편》을 자비로 비밀리에 출간했다. 《애틀랜틱 먼

	슬리》와 〈뉴욕 월드〉에 시를 게재했다.

1879년   뉴욕 사교계에 데뷔했다. 딸이 문학에 깊은 관심을 보이는 것을 걱정한 어머니의 영향이었다. 당시 상류 사회에서는 여성이 작가가 되는 것을 예술이 아닌 일종의 '노동'으로 바라봤다.

1881년   아버지의 건강 문제로 가족과 함께 다시 유럽으로 떠나 프랑스 남부에 머물렀다.

1882년   3월, 아버지가 프랑스 칸에서 사망한 이후 어머니와 함께 미국으로 돌아왔다. 8월에는 해리 레이든 스티븐스와 약혼했지만 10월에 파혼했다. 어머니와 함께 파리로 갔다.

1885년   보스턴 은행가 집안 출신인 에드워드 워튼과 결혼한 후 이탈리아로 여행을 떠났다.

1890년   단편 〈맨스테이 부인의 관점〉을 《스크리브너스》에 게재했다.

1892년   중편 《버너 자매》를 집필했다. 이 작품은 1916년에 단편집 《징구》에 처음 수록되었다.

1896년   남편과 함께 여덟 달 동안 유럽을 여행했다.

1897년   오그던 코드먼과 함께 집필한 《실내 장식》을 출간했다. 이 책은 두 저자와 출판사의 예상을 뒤엎고 상업적으로 크게 성공했다.

1899년   첫 단편집 《위대한 습성》을 출간했다.

1900년	중편《시금석》을 출간했다.
1901년	어머니가 사망했다. 두 번째 단편집《결정적 사실》을 발표했다.
1902년	두 번째 중편《결심의 계곡》을 출간했다. 매사추세츠주에 땅을 사고 직접 설계한 저택 '마운트'를 지은 후 그곳으로 이주했다.
1903년	세 번째 중편《피난처》를 발표했다.《환락의 집》을 집필하기 시작했다.
1904년	세 번째 단편집《인간의 유래》를 출간했다.
1905년	십일 개월간 연재한 작품《환락의 집》을 발표했다.
1908년	약 이 년간 지속된 모턴 풀러턴과의 불륜 관계를 시작했다. 여행기《프랑스 비행기 여행》을 출간했다.
1909년	시집《악타이온에게 아르테미스가》를 출간했다. 프랑스 영주권을 획득했다.《이선 프롬》집필을 시작했다.
1911년	《이선 프롬》을 출간했다.
1913년	에드워드 워튼과 이혼했다. 연재 후 출간 형태로《그 지방의 관습》을 발표했다.
1914년	프랑스에 정착해 살면서 전쟁 구호 활동에 활발하게 참여했다.
1915년	프랑스 전선을 여덟 차례 방문하며 목격한 참화를 기록한《전쟁 중인 프랑스》를 출간했다.

1916년　전쟁 구호 사업을 위한 기금 마련을 목적으로 편집한 《집 없는 사람들의 책》을 출간했다. 프랑스 정부에서 최고 훈장인 레지옹 도뇌르 훈장을 받았다.

1917년　《여름》을 출간했다.

1918년　심장병을 처음 겪었다. 전쟁 소설 《마른 전투》를 출간했다.

1919년　1차 세계대전에 참전한 미국 병사들에게 프랑스 문화를 홍보하기 위해 쓴 에세이 《프랑스식과 그 의미》를 출간했다.

1920년　《순수의 시대》를 출간했다. 북아프리카와 서구 문명을 비교한 여행기 《모로코에서》를 발표했다.

1921년　《순수의 시대》로 여성 최초로 퓰리처상을 받았다.

1922년　《달의 섬광》을 출간했다.

1923년　예일대학교에서 여성 최초로 명예 문학 박사 학위를 받았다. 마지막으로 미국을 방문했다. 전쟁 소설 《전선의 아들》을 발표했다.

1924년　네 편의 중편을 묶은 《올드 뉴욕》을 출간했다. 미국 예술원에서 금메달을 받았다.

1925년　《어머니의 보상》을 출간했다. 소설 작법 등에 관한 이론서 《소설 쓰는 기술》을 발표했다.

1926년　미국 예술원 회원으로 선출되었다.

1927년　《반마취 상태》를 출간했다.

1928년　에드워드 워튼이 사망했다. 《어린아이들》을 출간했다.

1929년	소설《허드슨 리버 브래킷티드》를 발표했다.
1930년	단편집《어떤 사람들》을 출간했다.
1931년	모턴 풀러턴과 관계를 다시 시작했다. 자서전《뒤돌아보는 시선》을 집필하기 시작했다.
1932년	《허드슨 리버 브래킷티드》의 후속작《신들이 도착하다》를 출간했다.
1934년	《뒤돌아보는 시선》을 발표했다. 미완성 유작《해적들》집필을 시작했다.
1937년	6월에 심장 마비를 겪고, 8월에 프랑스에서 사망한 후 베르사유의 고나드 묘지에 안장되었다. 단편집《유령들》이 사후 출간되었다.
1938년	미완성 소설《해적들》을 유언 집행인 가일라르 랩슬레이가 편집하여 출간했다.

옮긴이 **김욱동**

한국외국어대학교 영문학과와 동 대학원을 졸업하고 미국 미시시피대학교에서 영문학 석사, 뉴욕주립대학교에서 영문학 박사 학위를 받았다. 미국 하버드대학교, 듀크대학교, 노스캐롤라이나대학교에서 교환교수를 역임했고, 현재 서강대학교 영문학과 명예교수로 재직하며 번역가, 문학비평가로 활동하고 있다. 지은 책으로 《문학이란 무엇인가》《세계문학이란 무엇인가》《이양하, 그의 삶과 문학》《설정식, 분노의 문학》《비평의 변증법》《천재와 반역》 등이 있고, 옮긴 책으로 《앵무새 죽이기》《호밀밭의 파수꾼》《위대한 개츠비》《노인과 바다》《이선 프롬》《아메리카의 비극》《새장에 갇힌 새가 왜 노래하는지 나는 아네》 등 다수가 있다. 2011년 한국출판학술상 대상을 수상했다.

피난처

1판 1쇄 발행 2025년 8월 18일

지은이 이디스 워튼 | 옮긴이 김욱동
펴낸곳 (주)문예출판사 | 펴낸이 전준배
출판등록 2004. 02. 11. 제 2013-000357호 (1966. 12. 2. 제 1-134호)
주소 04001 서울시 마포구 월드컵북로 21
전화 02-393-5681 | 팩스 02-393-5685
홈페이지 www.moonye.com | 블로그 blog.naver.com/imoonye
페이스북 www.facebook.com/moonyepublishing | 이메일 info@moonye.com

ISBN 978-89-310-2557-6 04800
ISBN 978-89-310-2365-7 (세트)

• 잘못 만든 책은 구입하신 서점에서 바꿔드립니다.

문예출판사® 상표등록 제 40-0833187호, 제 41-0200044호

■ 문예세계문학선

★ 서울대, 연세대, 고려대 필독 권장 도서　▲ 미국대학위원회 추천 도서
● 《타임》 선정 현대 100대 영문 소설　▽ 《뉴스위크》 선정 세계 100대 명저

	1 젊은 베르테르의 슬픔 괴테 / 송영택 옮김	34 지상의 양식 앙드레 지드 / 김붕구 옮김
▲▽	2 멋진 신세계 올더스 헉슬리 / 이덕형 옮김	35 체호프 단편선 안톤 체호프 / 김학수 옮김
▲●▽	3 호밀밭의 파수꾼 J. D. 샐린저 / 이덕형 옮김	36 인간 실격 다자이 오사무 / 오유리 옮김
	4 데미안 헤르만 헤세 / 구기성 옮김	37 위기의 여자 시몬 드 보부아르 / 손장순 옮김
	5 생의 한가운데 루이제 린저 / 전혜린 옮김	● 38 댈러웨이 부인 버지니아 울프 / 나영균 옮김
	6 대지 펄 S. 벅 / 안정효 옮김	39 인간희극 윌리엄 사로얀 / 안정효 옮김
●▽	7 1984 조지 오웰 / 김승욱 옮김	40 오 헨리 단편선 O. 헨리 / 이성호 옮김
▲●▽	8 위대한 개츠비 F. 스콧 피츠제럴드 / 송무 옮김	★ 41 말테의 수기 R. M. 릴케 / 박환덕 옮김
▲●▽	9 파리대왕 윌리엄 골딩 / 이덕형 옮김	42 파비안 에리히 케스트너 / 전혜린 옮김
	10 삼십세 잉게보르크 바흐만 / 차경아 옮김	★▲▽ 43 햄릿 윌리엄 셰익스피어 / 여석기 옮김
★▲	11 오이디푸스왕 · 안티고네	44 바라바 페르 라게르크비스트 / 한영환 옮김
	소포클레스 · 아이스킬로스 / 천병희 옮김	45 토니오 크뢰거 토마스 만 / 강두식 옮김
★▲	12 주홍글씨 너새니얼 호손 / 조승국 옮김	46 첫사랑 이반 투르게네프 / 김학수 옮김
▲●▽	13 동물농장 조지 오웰 / 김승욱 옮김	47 제3의 사나이 그레이엄 그린 / 안흥규 옮김
★	14 마음 나쓰메 소세키 / 오유리 옮김	★▲▽ 48 어둠의 속 조셉 콘래드 / 이덕형 옮김
★	15 아Q정전 · 광인일기 루쉰 / 정석원 옮김	49 싯다르타 헤르만 헤세 / 차경아 옮김
	16 개선문 레마르크 / 송영택 옮김	50 모파상 단편선 기 드 모파상 / 김동현 · 김사행 옮김
★	17 구토 장 폴 사르트르 / 방곤 옮김	51 찰스 램 수필선 찰스 램 / 김기철 옮김
	18 노인과 바다 어니스트 헤밍웨이 / 이경식 옮김	★▲▽ 52 보바리 부인 귀스타브 플로베르 / 민희식 옮김
	19 좁은 문 앙드레 지드 / 오현우 옮김	53 페터 카멘친트 헤르만 헤세 / 박종서 옮김
★▲	20 변신 · 시골 의사 프란츠 카프카 / 이덕형 옮김	★ 54 몽테뉴 수상록 몽테뉴 / 손우성 옮김
★▲	21 이방인 알베르 카뮈 / 이휘영 옮김	55 알퐁스 도데 단편선 알퐁스 도데 / 김사행 옮김
	22 지하생활자의 수기 도스토옙스키 / 이동현 옮김	56 베이컨 수필집 프랜시스 베이컨 / 김길중 옮김
★	23 설국 가와바타 야스나리 / 장경룡 옮김	★▲ 57 인형의 집 헨리크 입센 / 안동민 옮김
★▲	24 이반 데니소비치의 하루	★ 58 소송 프란츠 카프카 / 김현성 옮김
	A. 솔제니친 / 이동현 옮김	★▲ 59 테스 토마스 하디 / 이종구 옮김
	25 더블린 사람들 제임스 조이스 / 김병철 옮김	★ 60 리어왕 윌리엄 셰익스피어 / 이종구 옮김
★	26 여자의 일생 기 드 모파상 / 신인영 옮김	61 라쇼몽 아쿠타가와 류노스케 / 김영식 옮김
	27 달과 6펜스 서머싯 몸 / 안흥규 옮김	▲▽ 62 프랑켄슈타인 메리 셸리 / 임종기 옮김
	28 지옥 앙리 바르뷔스 / 오현우 옮김	▲●▽ 63 등대로 버지니아 울프 / 이숙자 옮김
★▲	29 젊은 예술가의 초상 제임스 조이스 / 여석기 옮김	64 명상록 마르쿠스 아우렐리우스 / 이덕형 옮김
▲	30 검은 고양이 애드거 앨런 포 / 김기철 옮김	65 가든 파티 캐서린 맨스필드 / 이덕형 옮김
★	31 도련님 나쓰메 소세키 / 오유리 옮김	66 투명인간 H. G. 웰스 / 임종기 옮김
	32 우리 시대의 아이 외된 폰 호르바트 / 조경수 옮김	67 게르트루트 헤르만 헤세 / 송영택 옮김
	33 잃어버린 지평선 제임스 힐턴 / 이경식 옮김	68 피가로의 결혼 보마르셰 / 민희식 옮김

(뒷면 계속)

★ 69 팡세 블레즈 파스칼 / 하동훈 옮김		● 104 보이지 않는 인간 2 랠프 엘리슨 / 송무 옮김
70 한국 단편 소설선 김동인 외		▲ 105 훌륭한 군인 포드 매덕스 포드 / 손영미 옮김
71 지킬 박사와 하이드 로버트 L. 스티븐슨 / 김세미 옮김		106 수레바퀴 아래서 헤르만 헤세 / 송영택 옮김
▲ 72 밤으로의 긴 여로 유진 오닐 / 박윤정 옮김		▲ 107 죄와 벌 1 표도르 도스토옙스키 / 김학수 옮김
★▲▽ 73 허클베리 핀의 모험 마크 트웨인 / 이덕형 옮김		▲ 108 죄와 벌 2 표도르 도스토옙스키 / 김학수 옮김
74 이선 프롬 이디스 워튼 / 손영미 옮김		109 밤의 노예 미셸 오스트 / 이재형 옮김
75 크리스마스 캐럴 찰스 디킨스 / 김세미 옮김		110 바다여 바다여 1 아이리스 머독 / 안정효 옮김
★▲ 76 파우스트 요한 볼프강 폰 괴테 / 정경석 옮김		111 바다여 바다여 2 아이리스 머독 / 안정효 옮김
▲ 77 야성의 부름 잭 런던 / 임종기 옮김		112 부활 1 레프 톨스토이 / 김학수 옮김
★▲ 78 고도를 기다리며 사뮈엘 베케트 / 홍복유 옮김		113 부활 2 레프 톨스토이 / 김학수 옮김
★▲▽ 79 걸리버 여행기 조너선 스위프트 / 박용수 옮김		▲● 114 그들의 눈은 신을 보고 있었다
80 톰 소여의 모험 마크 트웨인 / 이덕형 옮김		조라 닐 허스턴 / 이미선 옮김
★▲▽ 81 오만과 편견 제인 오스틴 / 박용수 옮김		115 약속 프리드리히 뒤렌마트 / 차경아 옮김
★▽ 82 오셀로 · 템페스트 윌리엄 셰익스피어 / 오화섭 옮김		116 제니의 초상 로버트 네이선 / 이덕희 옮김
★ 83 맥베스 윌리엄 셰익스피어 / 이종구 옮김		117 트로일러스와 크리세이드
▽ 84 순수의 시대 이디스 워튼 / 이미선 옮김		제프리 초서 / 김영남 옮김
★ 85 차라투스트라는 이렇게 말했다 니체 / 황문수 옮김		118 사람은 무엇으로 사는가
★ 86 그리스 로마 신화 에디스 해밀턴 / 장왕록 옮김		레프 톨스토이 / 이순영 옮김
87 모로 박사의 섬 H. G. 웰스 / 한동훈 옮김		119 전락 알베르 카뮈 / 이휘영 옮김
88 유토피아 토머스 모어 / 김남우 옮김		120 독일인의 사랑 막스 뮐러 / 차경아 옮김
★▲ 89 로빈슨 크루소 대니얼 디포 / 이덕형 옮김		121 릴케 단편선 R. M. 릴케 / 송영택 옮김
90 자기만의 방 버지니아 울프 / 정윤조 옮김		122 이반 일리치의 죽음 레프 톨스토이 / 이순영 옮김
▲ 91 월든 헨리 D. 소로 / 이덕형 옮김		123 판사와 형리 F. 뒤렌마트 / 차경아 옮김
92 나는 고양이로소이다 나쓰메 소세키 / 김영식 옮김		124 보트 위의 세 남자 제롬 K. 제롬 / 김이선 옮김
★ 93 폭풍의 언덕 에밀리 브론테 / 이덕형 옮김		125 자전거를 탄 세 남자 제롬 K. 제롬 / 김이선 옮김
★▲ 94 스완네 쪽으로 마르셀 프루스트 / 김인환 옮김		126 사랑하는 하느님 이야기 R. M. 릴케 / 송영택 옮김
★ 95 이솝 우화 이솝 / 이덕형 옮김		127 그리스인 조르바 니코스 카잔차키스 / 이재형 옮김
★ 96 페스트 알베르 카뮈 / 이휘영 옮김		128 여자 없는 남자들 어니스트 헤밍웨이 / 이종인 옮김
▲ 97 도리언 그레이의 초상 오스카 와일드 / 임종기 옮김		129 사양 다자이 오사무 / 오유리 옮김
98 기러기 모리 오가이 / 김영식 옮김		130 슌킨 이야기 다니자키 준이치로 / 김영식 옮김
★▲ 99 제인 에어 1 샬럿 브론테 / 이덕형 옮김		131 실종자 프란츠 카프카 / 송경은 옮김
★▲ 100 제인 에어 2 샬럿 브론테 / 이덕형 옮김		132 시지프 신화 알베르 카뮈 / 이가림 옮김
101 방황 루쉰 / 정석원 옮김		133 장미의 기적 장 주네 / 박형섭 옮김
102 타임머신 H. G. 웰스 / 임종기 옮김		134 진주 존 스타인벡 / 김승욱 옮김
● 103 보이지 않는 인간 1 랠프 엘리슨 / 송무 옮김		135 황야의 이리 헤르만 헤세 / 장혜경 옮김